Knaur

Les Martin

Akte X
Die unheimlichen Fälle des FBI

Der Kokon

Roman

auf Basis der gleichnamigen Fernsehserie
von Chris Carter,
nach einem Drehbuch von Chris Carter

Aus dem Amerikanischen
von Susanne Lück

Knaur

Die amerikanische Originalausgabe erschien unter dem Titel
The X-Files – Darkness Falls bei HarperTrophy –
A Division of HarperCollins Publishers, New York

Für Janet.
In Liebe

Redaktion: Annekatrin Klaus

Vollständige Taschenbuchausgabe August 1998
Droemersche Verlagsanstalt Th. Knaur Nachf., München

Umschlaggestaltung: Papen Werbeagentur, Köln
Umschlagillustration: © 1995 by 20th Century Fox Corp.
Druck und Bindung: Clausen & Bosse, Leck
Printed in Germany
ISBN 3-426-61043-4

2 4 5 3

1

Der Wald stand in dichten Morgennebel gehüllt.

Er waberte wie grauer Rauch um die dicken Stämme der turmhohen Kiefern.

Er wirbelte durchs Unterholz, verhüllte Büsche und Sträucher.

Er legte sich über den Teppich aus braunen Kiefernadeln, die den Waldboden beinah völlig bedeckten.

Im Wald herrschte Totenstille. Der einzige Laut, der zu hören war, war das Quaken eines einsamen Laubfroschs.

Die gleiche Szene hätte sich schon vor Hunderten von Jahren abspielen können. Als die Baumriesen noch jung und schlank waren. Als hier an der Pazifikküste nur eingeborene Amerikaner lebten.

Schon bevor bleichhäutige Fremde kamen und dieses Land zu einem Teil der Vereinigten Staaten von Amerika machten, hatte es hier so ausgesehen. Bevor sie es nach ihrem ersten Präsidenten benannten: den Staat Washington.

Jetzt, in den neunziger Jahren des Zwanzigsten Jahrhunderts, waren wieder Fremde in den Wald gekommen. Männer, die von ihm lebten. Holzfäller. Sie standen auf einer Lichtung, die sie selbst geschaffen hatten. Um sie herum die Stümpfe der gefällten Bäume.

Es waren dreißig Männer. Alle waren so stark und zäh wie das Eisen und der Stahl in ihren Äxten und Motorsägen.

Alle waren daran gewöhnt, täglich mit den Herausforderungen und Gefahren der Wildnis fertig zu werden.

Und alle schlotterten vor Angst.

Jack Dyer war derjenige, den sie als ihren Anführer betrachteten. Seine Stimme dröhnte durch den Nebel. „Dieses Ding kann uns alle umbringen!“

Ein großer, kräftiger Holzfäller namens Bob Perkins antwortete: „Ich hab's euch gleich gesagt. Wir hätten schon vor zwei Tagen hier abhauen sollen! Aber nein, ihr wolltet ja nicht auf mich hören! Dyer, weißt du noch, wie du mich genannt hast? Einen elenden Schisser. Na, wer hat denn jetzt die Hosen voll?“

Drohend ging Dyer auf Perkins zu. Sie standen sich gegenüber und starrten sich an. Ihre schwieligen Hände waren so fest zu Fäusten geballt, daß die Knöchel weiß hervortraten.

Dann nahm Dyer die Fäuste herunter. „Hat ja keinen Sinn, wenn wir uns auch noch gegenseitig Ärger machen“, sagte er. „Es gibt Wichtigeres zu tun. Wenn ich es nur zu fassen kriegen könnte, würde ich . . .“ Hilflos öffneten und schlossen sich seine leeren Fäuste.

Perkins aber mußte seinem Ärger noch einmal Luft machen: „Immer noch Mr. Super-Macho, hm? Genau wie vor zwei Tagen.“

„Keiner hat vor zwei Tagen gewußt, was hier los ist, Perkins“, gab Dyer zurück. Dann schüttelte er den Kopf. „Und es weiß noch immer niemand.“

„Irgend jemand muß Hilfe holen“, forderte Perkins.

Sein Vorschlag erntete nur mürrisches Gemurmel und verbittertes Gelächter von den anderen Holzfällern.

Dyer sprach für sie: „Und was wird dann aus uns anderen?“ fragte er. „Was sollen wir tun? Hier auf Hilfe warten?“

„Wir müssen das Risiko eingehen“, beharrte Perkins. „Einer von uns muß zu Fuß da raus.“

„Es ist aber ziemlich unwahrscheinlich, daß er es rechtzeitig schafft. Er erreicht die Straße vielleicht doch nicht vor Einbruch der Dunkelheit. Und dann?“ Dyer machte eine wegwerfende Geste.

Perkins antwortete nicht. Das war auch nicht nötig. Sie wußten alle, was sie im Wald erwartete, sobald die Dunkelheit hereinbrach.

Dyer wandte sich an die anderen. „Ich schlage vor, wir versuchen es mit Laufen. Wir trennen uns und lassen's drauf ankommen.“

Perkins setzte zu einer Antwort an.

Doch bevor er sprechen konnte, rief einer der Männer: „Wir haben keine Wahl! Es ist unsere letzte Chance!“

„Ich stehe hier keine Nacht mehr durch!“ schrie ein anderer.

„Ich will nicht sterben! Ich will hier raus!“ fiel ein Dritter ein.

Perkins machte einen letzten Versuch: „Das wäre Selbstmord! Das weißt du doch genauso gut wie ich, Dyer!“

„Na schön“, sagte Dyer trocken. „Dann bleibst du heute nacht eben hier und erzählst uns später, wie es ausgegangen ist.“

Dyer war schon dabei, den schweren Gurt abzuschnallen, den er brauchte, um auf die Bäume zu steigen.

Die anderen taten es ihm nach.

Niemand wollte jetzt mehr aufgehalten werden. Alles war plötzlich in heller Aufruhr. Ein Rennen begann. Ein Rennen gegen die Sonne, die unaufhaltsam über die hohen Baumwipfel wanderte. Ein Rennen gegen die Dunkelheit.

Am späten Nachmittag rannte Dyer immer noch. Zumindest versuchte er es. Er hatte Seitenstechen. Es fühlte sich an, als bohre sich langsam ein Dolch in sein Zwerchfell. Seine Beine waren bleischwer. Er hatte einen metallischen Geschmack im Mund, und jeder Atemzug schmerzte. Aber der Anblick des durch die Zweige schimmernden schwindenden Tageslichts reichte aus, um ihn in Bewegung zu halten.

Dyer fragte sich, wie es wohl den anderen ging. Er konnte sich denken, daß sie auch nicht besser dran waren als er. Wären sie doch alle zusammen geblieben! Es war vielleicht richtig, daß man allein schneller vorankam – aber man war auch der Angst schutzlos ausgeliefert. Er hatte sich in seinem ganzen Leben noch nie so einsam und verängstigt gefühlt.

„Aaah . . .“ Sein Schrei hallte durch den stummen Wald.

Er war über einen Zweig gestolpert. Er fiel vornüber, doch sein Fuß verfing sich in einer Astgabel. Er hörte das trockene Knacken seines Knöchels, noch bevor er ganz am Boden war.

Er bemühte sich, die Tränen zu unterdrücken, die der Schmerz ihm in die Augen trieb. Er befreite seinen Fuß von dem Zweig. Vorsichtig setzte er sich auf, schnürte seinen Stiefel auf und streifte ihn behutsam ab.

„Ist es sehr schlimm?“ fragte eine Stimme.

Perkins sah auf ihn herab. Seine Brust hob und senkte sich hastig, Schweiß rann über sein Gesicht.

„Ich glaube, er ist gebrochen“, sagte Dyer gepreßt.

„Los, komm schon“, drängte ihn Perkins. „Du mußt aufstehen.“

Dyer legte die Hand auf den Knöchel. Er stöhnte. „Ich glaube, ich schaff's nicht . . .“

„Und ich sage: hoch mit dir!“

Er legte Dyer die Arme um den Leib und zog ihn mit einem unsanften Ruck auf die Füße.

„Leg mir den Arm um die Schultern“, forderte Perkins. „Wir kommen zusammen hier raus.“

„Danke“, ächzte Dyer. „Warum tust du das? Du kannst mich doch nicht ausstehen.“

„Ach, vergiß es“, winkte Perkins ab. „Wir kommen vielleicht nicht immer gut miteinander klar, aber schließlich sind wir Menschen. Gerade jetzt müssen Menschen doch zusammenhalten.“

„Ja“, nickte Dyer, „ich erinnere mich, was der alte Ben Franklin mal gesagt hat. Ich hab's im Geschichtsunterricht gelernt, als ich klein war. ‚Wir müssen zusammenhalten, sonst werden wir getrennt hängen.‘ Na ja, nur daß uns nicht der Galgen blüht, sondern etwas weitaus weniger Angenehmes.“

„Los jetzt, genug gejammert.“ Perkins wollte weiter. „Es wird schon dunkel.“

Sie machten sich auf den Weg, doch sie kamen nur langsam voran. Drei Beine waren für zwei Männer zu wenig – sie stolperten herum wie ein Spielzeugroboter, der außer Kontrolle geraten ist.

„Was glaubst du, wie weit ist es noch?“ keuchte Dyer.

„Keine Ahnung“, gab Perkins schwer atmend zurück. „Ich wünschte, hier wären irgendwo Meilensteine.“

„Hörst du das?“ Dyer schreckte hoch und blieb stehen. Er horchte auf ein entferntes Summen.

„Insekten, das sind bloß Insekten“, beschwichtigte ihn Perkins. „Sie kommen raus, wenn es dunkel ist.“

„Und jetzt ist es dunkel, nicht wahr?!“ krächzte Dyer. Die Angst schnürte ihm die Kehle zu. Er verharrte reglos. „Wir schaffen es nicht.“

Das Summen kam näher, es wurde lauter.

„Ich schätze, der alte Ben hat sich geirrt.“ Dyer rutschte resignierend zu Boden. „Zusammenhalten – und zusammen sterben.“

„Nein“, widersprach Perkins heftig, „wir geben nicht auf!“

Er zerrte Dyer hoch, zog ihn halb mit sich.

Aber das Summen war schon überall. Um sie herum erglühte der Wald in gleißendem Phosphor.

Perkins sah auf. Zwischen den Baumwipfeln war die Dunkelheit einer Wolke wirbelnden grünen Lichts gewichen. Perkins’ Schultern sackten weg. Er ließ Dyer los.

Dyer fiel auf die Knie. Perkins beugte sich schützend über ihn, als die blendende Helle herabsank.

Das Summen war ohrenbetäubend.

Es übertönte die letzten menschlichen Laute im Wald.

Perkins’ Schmerzensschreie.

2

„Na, dann wollen wir mal, Scully“, meinte Special Agent Fox Mulder. „Kommen Sie mit in mein Büro.“

„Sagte die Schlange zum Kaninchen“, erwiderte seine Kollegin Dana Scully. Sie schluckte den letzten Bissen ihres Doughnuts hinunter und trank ihren Kaffee aus. Dann verließen sie zusammen die Kantine des FBI-Hauptquartiers. Sie gingen den langen Gang hinunter, der zu Mulders Büro führte.

Scully wappnete sich innerlich für das, was nun kommen würde. Sie kannte dieses Leuchten in Mulders Augen. Mulder war auf einen Fall gestoßen, der ihn interessierte. Es war ein Fall, der zu den X-Akten gehörte. Ein Fall, mit dem niemand vom FBI etwas zu tun haben wollte – außer Mulder.

In den X-Akten waren die Fälle zu finden, die auf den Chefetagen des FBI als merkwürdig, unheimlich und skurril – kurz gesagt: als verrückt – galten. Am liebsten hätte man die X-Akten für immer weggeschlossen und aus dem Verkehr gezogen. Doch Mulder war ein echter Goldgräber – er holte sie immer wieder hervor.

Für die FBI-Führung war das an sich schon schlimm genug. Noch schwerwiegender aber war, daß Mulder ein ausgezeichneter Agent war, den man eben nicht so einfach entlassen konnte. Seine Vorgesetzten mußten sich zur Erhaltung ihres Seelenfriedens also etwas anderes einfallen lassen. Und das taten sie auch: Sie gaben ihm Scully als Partnerin.

Scully war wie geschaffen für diese Aufgabe. Sie war Ärztin und Wissenschaftlerin und verfügte damit über die Kenntnisse und Fähigkeiten, die nötig waren, um Mulders Theorien über unbekannte Lebewesen, die sich auf der Erde auszubreiten drohten, zu überprüfen. Und sie besaß eine Menge gesunden Menschenverstand – genug jedenfalls, um Mulder davor zu bewahren, den Kontakt zur Realität zu verlieren. Außerdem fungierte sie als eine Art letzte Kontrollinstanz, wenn es darum ging, den Schaden möglichst gering zu halten. Ihre Vorgesetzten hatten sie damit beauftragt, Mulder zurückzupfeifen, wenn er anfing, sich genauso verrückt zu benehmen wie die von ihm bevorzugten Fälle. Allerdings hielt sich Scully nur noch selten an diese Weisung. Mittlerweile hatte sie lange und intensiv genug mit Mulder zusammengearbeitet, um die Dinge auch mit seinen Augen sehen zu können.

Im Augenblick hatte sie Mühe, mit Mulder Schritt zu halten. Aus den Augenwinkeln sah sie, wie Blicke ihnen folgten, als sie den Gang entlang eilten. Sie wußte, daß die Gerüchteküche zu brodeln begann, daß ihre Kollegen sich fragten, was Mulder und sie jetzt schon wieder ausbrüteten. Das hätte sie selbst auch gern gewußt. Bei Mulders Fällen konnte man nie wissen, was auf einen zukam. Man konnte nur abwarten – zum Teetrinken kam man meist schon nicht mehr.

„Das müssen Sie sehen“, sagte Mulder, als sie das Büro betraten. „Das wird sogar Sie beeindrucken, Scully.“

Scully war schon oft in Mulders Büro gewesen, aber es lief ihr jedesmal wieder kalt über den Rücken.

An jeder Wand standen Regale, die bis unter die Decke reichten. Sie waren vollgestopft mit prall gefüllten Aktenordnern, Stapeln vergilbter Zeitungen und Illustrierten, mit Disketten, von denen sich schon die Etiketten lösten, und mit Unmengen von Büchern: von wissenschaftlichen Werken bis hin zu Science-fiction-Romanen. Auf dem Fußboden häuften sich weitere Papiere und Berichte.

Scully liebte Übersichtlichkeit und Ordnung.

Dieses Büro erinnerte sie an ihre schlimmsten Alpträume. Sie hatte keine Ahnung, wie Mulder in diesem Durcheinander jemals irgend etwas fand – aber anscheinend hatte er damit keine Probleme.

Er hatte seinen Diaprojektor angestellt und die Leinwand heruntergezogen.

„Sehen Sie sich das genau an“, sagte er, als das erste Bild auf der Leinwand erschien. Es war ein scharfes, leicht fleckiges Foto, das eine Gruppe von ungefähr dreißig Männern zeigte. Sie trugen abgewetzte Arbeitskleidung. Die meisten von ihnen hatten Bärte; viele hielten eine Axt in der Hand. Vor ihnen lag ein riesiger gefällter Stamm, hinter ihnen erstreckte sich ein Wald aus turmhohen Bäumen.

„Lassen Sie mich raten . . . Holzfäller?“ bemerkte Scully.

„Gratuliere, Sie haben den Satz Edelstahltöpfe gewonnen“, erwiderte Mulder. „Möchten Sie Ihr Glück auch mit der Mikrowelle versuchen?“

„Nun reden Sie schon, was sind das für Männer?“ drängte Scully.

„Das ist ein Trupp Holzfäller, der in Washington arbeitet“, erklärte Mulder.

„Washington?“ fragte Scully. „Ich wußte gar nicht, daß es hier solche Bäume gibt.“

„Nicht Washington, D.C.", antwortete Mulder. „Der Staat Washington. Aber was sehen Sie noch?"

„Scheinen echte Naturburschen zu sein . . . Hart wie Stahl und zäh wie Leder, oder wie hieß das noch mal?"

„Sehr gut", bestätigte Mulder. „Und was fällt Ihnen sonst noch auf? Irgend etwas Merkwürdiges, Außergewöhnliches, Unerklärliches?"

Scully sah genauer hin. Sie schüttelte den Kopf. „Ich passe."

„Sie passen", nickte Mulder. „Komisch. Genau das hat die Bundesforstverwaltung auch getan."

„Wie meinen Sie das?" fragte Scully. „Was ist mit ihnen geschehen?"

Mulder drückte auf einen Knopf. Das Bild sprang weiter. „Sie sind verschwunden", sagte er.

Ein anderes Dia war zu sehen. Es zeigte nur zwei Männer. Sie trugen zerrissene Jeans, grellbunte Hemden und verschlissene Jacken. Ihre Bärte waren ungepflegt, ihr Haar lang und struppig. Einer hatte es sich zu einem Pferdeschwanz zusammengebunden, der andere hatte sich ein Tuch um die Stirn geschlungen.

„Die sehen aus, als wären sie zu einer 60er-Jahre-Kostümparty unterwegs", bemerkte Scully. „Fehlen nur noch die Schlaghosen."

„Darf ich vorstellen, Douglas Spinney und Steven Teague", sagte Mulder. „Sie nennen sich *Die Saboteure,* und sie erledigen ihre Arbeit äußerst gründlich."

„Was für eine Arbeit?"

„Alles, womit sie Holzfällern und Sägewerken das Leben schwer machen können. Eine ihrer Lieblingsbeschäftigungen besteht darin, Metallspitzen in Bäume zu bohren, damit die Sägen abbrechen", erklärte Mulder.

„Öko-Terroristen", stellte Scully erbittert fest – sie kannte diese Art von Menschen. Sie behaupteten, die Natur zu lieben und für sie zu kämpfen. Sie waren überzeugt, es sei völlig in Ordnung, allem und jedem zu schaden, solange es nur im Namen der Umwelt geschah. „Sie wollen Gutes tun, aber nur Schlechtes kommt dabei heraus. Das sind manchmal die Allerschlimmsten."

„Teague und Spinney *sind* die Allerschlimmsten", bekräftigte Mulder. „Vor zwei Wochen haben wir das letzte Mal etwas von ihnen gehört. Die Holzfäller, die ich Ihnen eben auf dem Dia gezeigt habe, haben mitten aus dem Olympic National Forest eine Nachricht gefunkt. Sieht so aus, als seien Teague und Spinney richtig groß auf Tour gegangen: Bäume spicken, Fahrzeuge und Geräte demolieren, das volle Programm. In der nächsten Woche war die gesamte Funkverbindung unterbrochen."

„Weiß irgend jemand, warum?" fragte Scully.

„Nein", erwiderte Mulder. „Die Sägewerkgesellschaft, für die die Männer arbeiteten, hat die Bundesforstverwaltung gebeten, der Sache nachzugehen. Zwei von deren Leuten wurden letzte Woche in den Wald geschickt. Seitdem hat niemand mehr etwas von ihnen gehört."

„Sieht aus, als ob *Die Saboteure* sich nicht mit ein paar Streichen begnügen", stellte Scully fest. „Sie meinen es wirklich ernst."

„Das glauben die Sägewerkgesellschaft und die Forstverwaltung auch . . . Sie haben das FBI um Unterstützung gebeten. Ich mußte einige Hebel in Bewegung setzen, damit wir den Fall bekommen."

„Hebel in Bewegung setzen? Um einen Öko-Terrorismus-Fall zu bekommen?" Scully war verdutzt.

Dann sah sie, daß Mulder grinste, – und machte sich auf das Schlimmste gefaßt.

„Darf man fragen, warum Sie dieser Fall so brennend interessiert?" erkundigte sie sich vorsichtig.

„Schauen Sie sich dieses Bild an", entgegnete er.

Ein weiteres Dia erschien auf der Leinwand. Es zeigte ebenfalls eine Gruppe Holzfäller. Auch lauter harte Männer. Aber ihre Kleidung war altmodisch.

„Dieses Foto wurde 1934 aufgenommen", erläuterte Mulder. „Lange bevor der Begriff Öko-Terrorismus auch nur im Lexikon stand. Diese Männer arbeiteten für eine Regierungsorganisation, die WPA. Sie sind ebenfalls spurlos verschwunden. Keiner von ihnen ist je wieder aufgetaucht."

„Und was vermuten Sie jetzt"? wollte Scully wissen. „Vielleicht Bigfoot?"

„Nicht sehr wahrscheinlich", antwortete Mulder ungerührt. „Das wäre sogar für Bigfoot ein bißchen viel Flanell. Das könnte er nicht alles herunterwürgen."

Scully seufzte. Sie hätte wissen müssen, daß man Mulder gegenüber keine Scherze über Bigfoot machen sollte. Für ihn war Bigfoot kein Scherz.

„Na los, Scully", drängte er sie fröhlich. „Was könnte es Schöneres geben als einen Ausflug in den Wald? Sie waren doch bestimmt bei den Pfadfindern, als Sie klein waren!"

Wie üblich hatte Mulder recht: Scully war tatsächlich bei den Pfadfindern gewesen. Und sie hatte *alle* Verdienstabzeichen. Nur würden die ihr hier nicht viel helfen. Mulders Lieblingsgebiet, die unergründeten Regionen der X-Akten, wurde im Offiziellen Pfadfinder-Handbuch für Mädchen nicht berücksichtigt . . .

3

„Ich komme mir vor wie eins dieser Naturkinder aus den Goretex-Werbespots“, beschwerte sich Scully. Sie trug Jeans, ein Flanellhemd und Wanderstiefel. Alles war fabrikneu.

„Andere Länder, andere Sitten“, lachte Mulder. Er war ähnlich wie sie gekleidet, aber seine Sachen sahen schon wesentlich mitgenommener aus.

„Schöne Sitten!“ grummelte Scully. „In dieser Wildnis geht es wahrscheinlich eher ungesittet zu“. Sie sah aus dem Fenster ihres Mietwagens. Zu beiden Seiten der Straße erstreckte sich scheinbar undurchdringlicher Wald. „Ich hoffe, wir fahren in die richtige Richtung. Auf Wegweiser scheinen die Leute hier nicht gerade gesteigerten Wert zu legen.“

Scully fuhr selbst, das schien ihr sicherer. Mulder kannte nämlich nur zwei Geschwindigkeiten: schnell und sehr schnell.

Im Moment wäre Scully allerdings selbst gern schneller gefahren – vor ihnen kroch ein großer Transporter voll beladen mit riesigen Baumstämmen den schmalen Asphaltweg entlang.

„Wir haben Glück“, bemerkte Mulder. „Der Laster hat denselben Weg wie wir. Es gibt nur ein einziges Sägewerk hier in der Gegend. Ich hoffe nur, der Mann von der Forstverwaltung ist auch da. Er wollte dort auf uns warten.“

„Der ist mit den Leuten vom Sägewerk befreundet?“ fragte Scully.

„Na ja, ob gerade befreundet, weiß ich nicht“, antwortete Mulder achselzuckend. „Jedenfalls kennen sie sich. Dieser Wald gehört der Regierung. Die Forstverwaltung schreibt der Sägewerkgesellschaft vor, wo und wieviel gefällt werden darf.“

Der Transporter bog in einen noch schmaleren Weg ein, und sie folgten ihm. Bald konnten sie das Sägewerk sehen. Und riechen.

„Puh, welch ein Mief“, ächzte Scully und schloß das Fenster. „Ich dachte immer, Sägespäne riechen gut.“

„Für die Holzbehandlung werden eine ganze Menge Chemikalien verwendet“, erklärte Mulder. „Wenn man lange genug hier gearbeitet hat, bemerkt man den Gestank angeblich gar nicht mehr.“

„Ich schätze, man gewöhnt sich an alles“, seufzte Scully. „Genau wie bei Leichenhallen. Ich hab mal gesehen, wie Angestellte dort auf den Leichen Karten gespielt haben. Vermutlich wissen die Leute hier gar nicht mehr, wie gut frische, saubere Luft riecht.“

„Hier gibt es ohnehin nur sehr wenig Menschen“, sagte Mulder. „Deswegen haben sie das Werk auch hier draußen in der Wildnis gebaut. Sonst würden längst Demonstranten die Tore belagern – und die Werksleitung müßte neue Vorschriften erlassen.“

„Solche friedlichen Umweltaktionen kann ich gut nachvollziehen“, meinte Scully, als sie ihren Wagen auf dem Parkplatz des Sägewerks abstellten. „Öko-Protest statt Öko-Terror.“

In der Parklücke neben ihnen stand ein Geländewagen mit Allradantrieb. Es war ein Sondermodell, ausgestattet mit grobstolligen Reifen, Winschen, Stoßstangenverkleidung und Spezialscheibenwischern. Das Emblem der Bundesforstverwaltung zierte beide Türen.

Ein großer schlanker Mann stand neben dem Wagen. Er hatte eine Landkarte auf der Motorhaube ausgebreitet.

„Schätze, das ist unser Mann“, vermutete Scully.

„Hi“, begrüßte Mulder ihn. „Ich bin Agent Mulder, und das ist Agent Scully. Wir sind vom FBI.“

Der Mann musterte Mulder und Scully gründlich von oben bis unten.

„Können Sie sich ausweisen?“

Mulder zog seinen Dienstausweis aus der Brieftasche, und Scully tat es ihm nach.

Der Mann besah sich die Fotos auf den Ausweisen, schaute sich beide Agenten noch einmal genau an und gab ihnen die Ausweise zurück. Schließlich schüttelte er erst Mulder, danach Scully die Hand. Sein Händedruck war fest wie Eisen.

„Larry Moore, Bundesforstverwaltung“, stellte er sich vor. „Sie können Ihre Sachen hinten im Kofferraum verstauen.“

„Was ist denn das da in der Windschutzscheibe?“ erkundigte sich Mulder. „Ein Einschußloch?“

„Kaliber 22“, entgegnete Moore knapp und faltete die Karte zusammen.

„Jemand hat auf Sie geschossen?“ fragte Mulder nach.

„Sollte man annehmen“, erwiderte Moore bissig. „War jedenfalls nicht der verirrte Schuß eines Jägers. Mit so einer Munition gibt es hier auch kaum was zu jagen. Außer Bufos.“

„Bufos?“ Scully zog überrascht die Augenbrauen hoch.

„Angestellte der Bundesforstverwaltung“, erklärte Moore. „So nennen uns die Öko-Terroristen.“

„Und Sie glauben, die haben auf Sie geschossen?“ fragte Mulder. „Haben Sie denn Ärger mit denen?“

Moore musterte Mulder kühl.

„Damit das gleich klar ist. Ich habe an dem, was diese Leute angeblich erreichen wollen, gar nichts auszusetzen. Auch ich will den Wald retten. Was ich aber nicht dulden kann, sind ihre Methoden. Es gibt niemals irgendeinen Grund, ungesetzlich zu handeln und anderen zu schaden – ganz zu schweigen von Mord.“

„Akzeptiert“, stimmte Scully zu. „Aber glauben Sie tatsächlich, die würden so weit gehen, Menschen zu töten?“

„Mehr als dreißig Männer sind im Wald verschwunden“, sagte Moore. „Und alle waren Survival-Spezialisten. Irgend etwas muß ihnen zugestoßen sein.“

Ein Kombi hielt neben dem Geländewagen. Ein massiger, muskelbepackter Mann stieg aus.

Behende hob er zwei riesige Bündel aus seinem Auto und warf sie in den Kofferraum des Geländewagens. Dann griff er nach ein paar großen Schachteln, die auf dem Vordersitz lagen. Scully konnte sehen, daß es Patronen waren.

„Na endlich“, begrüßte ihn Moore, „dann kann der Spaß ja losgehen.“

„Entschuldige, daß ich so spät dran bin, Larry“, sagte der Mann. „Ich hab’ gerade noch mit Bob Perkins’ Frau gesprochen.“ Er wandte sich an Mulder und Scully. „Perkins ist einer von unseren verschwundenen Holzfällern.“

Dann stellte er sich vor. „Steve Humphreys. Leiter der Sicherheitsabteilung der Schiff-Immergut Sägewerke. Sie müssen die FBI-Leute sein."

„Mein Name ist Mulder", antwortete Mulder. „Und sie heißt Scully."

Humphreys nickte. Dann gab er Moore die Schachteln mit den Patronen. „Paß gut darauf auf", meinte er. „Ich habe so eine Vorahnung, daß wir sie heute noch brauchen werden."

„Vielleicht", nickte Moore. Er brachte die Schachteln vorn im Wagen unter.

„Wir sollten gleich aufbrechen", drängte Humphreys. „Wir haben noch gut vier Stunden Fahrt vor uns." Er stieg in den Wagen, und Moore folgte ihm.

Scully drehte sich zu Mulder um. „Ich fürchte, wir geraten in einen Krieg", sagte sie düster. „In einen Krieg, der längst begonnen hat."

4

Scully war sich bewußt, daß das erste Opfer eines jeden Krieges die Wahrheit war. Das machte es ihr um so schwerer, bei diesem Fall herauszufinden, was als Tatsache gelten konnte und was nur erhitzte Einbildung war. Die Berichte von Moore und Humphreys durfte sie auf keinen Fall als unantastbare Wahrheit betrachten. Sie und Mulder würden selbst entscheiden müssen, wer hier zu den Guten gehörte und wer zu den Schlechten.

Bald hatten sie die letzten Spuren der Zivilisation hinter sich gelassen. Sie bogen von der Straße ab auf einen zerfurchten schlammigen Weg. Einen Holzfällerpfad, der gerade eben genug Platz für einen Geländewagen bot und der sich immer höher durch die bewaldeten Berge wand.

Scully und Mulder saßen eingezwängt zwischen Moore und Humphreys auf dem Vordersitz. Die beiden Agenten nutzten die lange Fahrt, um mit der Untersuchung zu beginnen. Sie arbeiteten lange genug zusammen, um ein perfekt eingespieltes Team abzugeben.

„Warum müssen die Holzfäller so weit draußen in der Wildnis arbeiten?“ begann Scully.

„Weil da die Bäume sind“, erwiderte Humphreys einsilbig. Scully sah aus dem Fenster. So weit das Auge reichte, waren nur Bäume zu sehen. „Das soll wohl ein Scherz sein!“ Ihre Stimme war scharf.

„Schuld sind nur diese Umweltschützer", schnaubte Humphreys. „Für die sind Bäume wichtiger als Menschen. Sie haben tatsächlich durchgesetzt, daß wir hier nicht einen Zweig mehr anrühren dürfen. Wegen denen sind wir gezwungen, bis zum Ende der Welt zu fahren, um unser Holz zu bekommen. Und auch da müssen wir für jeden Baum, den wir abholzen, einen neuen pflanzen."

„Warum glauben Sie dann, daß die Öko-Terroristen es auf Sie abgesehen haben?" schaltete sich Mulder ein. „Wenn es so ist, wie Sie sagen, haben die doch alles erreicht, was sie wollten."

„Die kriegen nie genug", brauste Humphreys auf. „Diese Baumknutscher werden erst zufrieden sein, wenn wir keinen Baum auf der ganzen Welt mehr antasten dürfen. Wenn wir unseren Beruf aufgeben und unsere Holzfäller von Sozialhilfe leben." Er schüttelte den Kopf. „Was mich am meisten ärgert, ist, daß sie niemals aus ihren Löchern herauskommen und wie Männer kämpfen. Typen wie diesen haben wir das Desaster in Vietnam zu verdanken. Sie sind feige, genauso feige wie ihre Methoden. Ich wünschte, ich würde sie in die Finger kriegen, dann . . ."

Wumm! Wumm! Es knallte zweimal ohrenbetäubend.

Instinktiv duckte sich Scully, die Hände schützend vors Gesicht gelegt. Aber kein Glas splitterte, keine Kugeln flogen ihr um die Ohren. Statt dessen bockte der Wagen wie ein Wildpferd, und schon im nächsten Augenblick schlingerte er unkontrolliert hin und her.

„Was war das denn?" Scully sah entgeistert zu Moore, der hart auf die Bremsc trat.

„Die Reifen", knurrte Moore. Er sah nicht überrascht aus, nur sehr ärgerlich.

Sobald er den Wagen zum Stehen gebracht hatte, sprang er aus der Fahrerkabine. Die anderen folgten ihm.

„Ich schau mir die linke Seite an", wies Moore Humphreys an. „Übernimm du die rechte."

Scully und Mulder standen hinter Moore, der vor dem linken Vorderrad kniete. Der Reifen war platt wie ein Pfannkuchen.

Moore zog ein langes, scharfes Stück Metall heraus.

„Reifenstecher Marke Eigenbau", stellte er erbittert fest.

„Schlimm?" fragte Scully.

„Durch bis zur Felge", seufzte Moore. „Nichts mehr zu machen."

„Sie haben doch ein Ersatzrad?" erkundigte sich Mulder vorsichtig. Bevor Moore antworten konnte, kam Humphreys um den Wagen herum. „Der rechte Reifen ist auch hinüber", verkündete er säuerlich.

Er reichte Mulder ein verbogenes Metallstück mit vier langen Stacheln. „Vielleicht ist das ja auch etwas für die FBI-Akten", sagte er bedeutsam.

Mulder gab es Scully. „Wirklich widerlich so etwas . . ." Sie schüttelte den Kopf.

„Die Saboteure nennen es Fangeisen", erklärte Humphreys mit finsterer Miene. „Die Wege hier sind förmlich übersät mit diesen Dingern. Völlig egal, wen oder was es erwischt. Reinster Terrorismus, blind und einfallslos."

Scully gab ihm die Metallklaue zurück. Humphreys schleuderte sie in hohem Bogen von sich.

„Stellen Sie sich mal vor, jemand spickt damit die Straßen in Washington, D.C.", erboste er sich. „Ich würde gern wissen, was die Regierung dann tun würde. Und auf wieviel Verständnis diese Umweltschützer dann wohl stoßen würden!"

Bevor Humphreys noch etwas sagen konnte, wechselte Scully das Thema. „Wie sollen wir jetzt zum Lager raufkommen?"

„Auf die altmodische Art", meinte Moore trocken. „Wir wandern."

„Tja, wozu habe ich mir schließlich Wanderstiefel zugelegt!" seufzte Scully. Sie sah den matschigen Pfad hinauf. Er schlängelte sich durch den Wald nach oben, bis er aus ihrem Blickfeld verschwand. „Ich hoffe nur, der Verkäufer hat nicht zu viel versprochen."

Stunden später war nicht mehr zu entscheiden, ob die Stiefel Scullys Füße ruinieren würden – oder umgekehrt. Sie wünschte, sie hätte weniger in ihren Rucksack gestopft. Viel weniger. Und sie fragte sich ernsthaft, wie Mulders Schritte nach wie vor so federnd sein konnten. Sie beschloß, ihr tägliches Joggingpensum künftig auf sieben Meilen heraufzusetzen, um mit Mulders allmorgendlicher Strecke gleichzuziehen. Ihre üblichen drei Meilen waren offenbar nicht annähernd genug.

Als sie ein Fahrzeug ausmachte, das weiter oben am Weg parkte, atmete sie auf.

„Endlich ein Lebenszeichen", rief sie erleichtert.

„Jedenfalls ein Zeichen – für was auch immer", korrigierte Moore sie düster.

„Was ist denn das für ein Fahrzeug?“ wollte Mulder wissen.

„Ein Kipplader“, antwortete Humphreys. „Damit werden die gefällten Bäume auf den Transporter gehievt.“

„Jetzt allerdings nicht mehr“, brummte Moore. Er zeigte auf den platten Reifen des gewaltigen Vorderrades. Das stumpfe Ende einer Metallklaue schaute noch heraus. „Na los, es kann nicht mehr weit bis zum Lager sein.“

Zehn Minuten später erreichten sie ihr Ziel. Zuerst kamen zwei große Holztransporter und ein kleiner Hebekran in Sicht, dann eine kleine Blockhütte, hinter der einige mittelgroße, olivgrüne Zelte aufgestellt waren.

Die Türen der Transporter standen offen und schwangen in der leichten Brise des Waldes geisterhaft knarrend hin und her.

„Jemand zu Hause?“ rief Moore.

Keine Antwort.

„Brrr!“ Scully schüttelte sich. „Sieht ja aus wie in einer Geisterstadt.“

Mulder ging auf die Hütte zu, und Scully folgte ihm.

„Hier hat aber jemand seinen Teller nicht leergegessen“, stellte Mulder fest, als sie eintraten. Der rustikale Holztisch stand voll mit angeschimmelten Essensresten.

„Vielleicht hatten sie die Nase voll von Würstchen und Bohnen und sind einen Bären jagen gegangen“, versuchte Scully zu scherzen. Sie sah sich in der Hütte um: Umgeworfene Stühle lagen verstreut auf den groben Holzdielen, im anderen Zimmer standen ungemachte Feldbetten. „Ich glaube, die hatten es ganz schön eilig, hier rauszukommen.“

„Und sie haben vergessen zu packen“, warf Mulder ein, der vor der offenen Kühlschranktür stand. Er griff hinein und holte einen verschlossenen Plastikbeutel heraus. Er war mit winzigkleinen Knollen gefüllt.

Scully sah ihn sich kurz an. „Drogen?“ fragte sie.

Mulder roch an einem der Kügelchen und nickte. „Ich schätze, auch Holzfäller brauchen etwas, womit sie sich die langen, fernsehlosen Abende vertreiben können.“

Er strich mit dem Finger über die Oberfläche des Beutels.

„Was Auffälliges?“ erkundigte sich Scully.

„Fühlt sich schmierig an“, erwiderte Mulder.

Er war immer noch dabei, die Substanz auf seinem Finger zu untersuchen, als Humphreys die Hütte betrat.

„Irgendwas entdeckt?“ fragte Humphreys.

„Partyzubehör.“ Mulder hielt den Beutel hoch. „Und Sie?“

„Die Fahrzeuge sind samt und sonders den Terroristen zum Opfer gefallen“, sagte Humphreys. „Der Stromgenerator auch.“

„Hier hat jemand wirklich eine Riesenshow abgezogen“, bemerkte Scully.

„Und wer immer das war, wollte nicht, daß diese Show über den Äther geht“, stellte Humphreys fest und hob die Überreste eines Kurzwellensenders auf, den jemand in Stücke geschlagen hatte.

„Lassen Sie uns nachsehen, was Moore herausgefunden hat“, schlug Mulder vor. Sie fanden ihn bei einem der Transporter. Er hatte die Motorhaube geöffnet und den Verschluß vom Kühler geschraubt.

„Die Kühler sind alle voller Reis“, sagte er grimmig. „Außerdem ist Zucker in den Tanks und Sand in den Kurbelgehäusen. Unsere Freunde haben keinen Trick ausgelassen.“

„Was geht wohl noch auf ihr Konto?“ fragte Mulder.

„Heute werden wir das jedenfalls nicht mehr herausfinden“, grummelte Humphreys. Er schaute auf die Uhr. „In anderthalb Stunden geht die Sonne unter.“

„Ich schaue mich hier noch einmal um, bevor es dunkel wird“, erklärte Moore.

„Tu das.“ Humphreys’ Miene hellte sich ein wenig auf. „Ich werde mal sehen, ob ich den Generator nicht in Gang bekommen kann.“

Als die beiden gegangen waren, besah sich Scully den Kühler genauer. Moore hatte recht. Er war bis oben hin voll mit dicken Reiskörnern. Sie nahm ein paar davon zwischen die Finger.

„In einem hatten Sie recht“, wandte sie sich an Mulder.

„Ach ja?“

„Bigfoot war es bestimmt nicht.“

5

Mulder sah sich im Lager um. „Wir wissen noch nicht einmal, *was* hier eigentlich geschehen ist“, sagte er langsam. „Geschweige denn, wer dafür verantwortlich ist.“

„Ja. Es ist, als ob man auf einem Friedhof wäre, und alle Leichen wären fort.“ Scully zog die Stirn kraus. Dann sagte sie: „Da kommt Moore. Vielleicht hat er etwas Neues herausgefunden.“

„Hier ist gar nichts mehr“, berichtete der Forstverwaltungsbeamte. „Jedenfalls nichts, was funktioniert oder lebt. Diese Öko-Terroristen haben ganze Arbeit geleistet.“

„Wir haben noch gar keine Beweise dafür, daß sie es waren“, wandte Mulder ein.

„Und Beweise brauchen wir nun einmal“, fügte Scully hinzu.

„Uns bleibt noch etwa eine Stunde Tageslicht“, sagte Moore entschlossen. „Das reicht, um den Wald um das Lager herum zu durchsuchen. Vielleicht finden wir ja noch etwas.“

„Gute Idee.“ Scully nickte energisch. „Je früher wir diesen Fall lösen und wieder von hier wegkommen, desto besser. Ich gebe zu, daß mir das alles doch ein wenig unheimlich ist.“

„Unheimlich?“ Mulder lächelte. „Nur, weil ein Haufen großer starker Männer abgehauen ist, ohne ihre Teller leer zu essen? Und sich dann in Luft aufgelöst hat? Seien Sie nicht albern. Ich wette, dafür gibt es eine ganz natürliche, wunderbar wissenschaftliche Erklärung. Oh Verzeihung, Scully. Sie sind eigentlich diejenige, die mir das jetzt sagen müßte, nicht wahr?"

Scully schaute verlegen zu Boden. Mulder liebte es, sie an den Vortrag zu erinnern, den sie ihm einmal gehalten hatte: Daß es für alles eine rein wissenschaftliche Erklärung gäbe. Das hatte sie gesagt, als sie sich zum ersten Mal trafen, noch vor ihrem ersten gemeinsamen Fall. Es schien schon Ewigkeiten her zu sein. Ihren Glauben an die Wissenschaft hatte Scully zwar nie aufgegeben, doch die Unerschütterlichkeit dieses Glaubens wurde mit jedem neuen Fall – und mit jedem neuen Schrecken – immer brüchiger.

Im Augenblick konnte sie nichts weiter tun, als schwach „Wir werden ja sehen, Mulder, wir werden ja sehen" zu murmeln und das Thema zu wechseln. „Glauben Sie, Humphreys möchte auch mitgehen?"

„Er bastelt lieber am Generator herum", meinte Moore. „Er will versuchen, ihn wieder auf Vordermann zu bringen." Ungeduldig wandte er sich zum Gehen. „Dann mal los!"

Scully und Mulder folgten ihm in den Wald. Im dichten Unterholz kamen sie nur mühsam vorwärts. Als sie eine Lichtung erreichten, brach das Licht des späten Nachmittags wieder ungehindert zu ihnen durch.

Die Lichtung stand voller Baumstümpfe. Die Schnittflächen waren frisch und troffen vor flüssigem Harz. Ein paar hochgewachsene Kiefern lagen noch immer da, wo man sie gefällt hatte.

„Die Männer waren mitten bei der Arbeit – bis zum bitteren Ende", bemerktc Moore.

„Fleißig wie die Bienen . . .“, stimmte ihm Mulder zu. Dann hielt er inne. Er starrte zu einer haushohen Kiefer am Ende der Lichtung hinüber. „Apropos Bienen, gibt es hier in der Gegend welche?“

„Nicht gerade viele“, antwortete Moore verwundert. „Warum fragen Sie?“

Mulder deutete auf einen Ast der Kiefer. Etwas, das wie ein großer Jutesack aussah, hing in den Zweigen. Aber die schmutziggrauen Fasern, aus denen es bestand, waren keine Stoffäden.

„Könnte ein Bienenstock sein . . .“ Moore kratzte sich an der Schläfe. „Oder auch eine Art Kokon.“

„Ein Bienenstock?“ fragte Mulder nach. „Ein Kokon? Von welchem Tier denn?“

Moore schüttelte den Kopf. „Keine Ahnung. So etwas habe ich noch nie gesehen.“

„Ich glaube, da ist etwas drin“, sagte Scully. „Sehen Sie diesen dunklen Schatten?“

„Schwer zu erkennen von hier aus“, stellte Moore fest, als er angestrengt hinüberblinzelte.

„Das sollten wir genauer untersuchen“, erklärte Mulder. „Wie wär's, Scully? Wollen Sie da ran? Sie sind die Wissenschaftlerin.“

Auf eine Herausforderung konnte Scully nur auf eine Art reagieren. „Liebend gern“, sagte sie ein wenig zu enthusiastisch. „Wie komme ich da rauf?“

„Das sollte eigentlich kein Problem sein“, meinte Moore. Er nahm ein langes Seil aus seinem Rucksack. „Hieraus können wir einen provisorischen Tragegurt für Sie machen. Das eine Seilende werfen wir über den Ast und ziehen Sie zusammen hoch. Dann können Sie das Ding abschneiden. Mulder hat recht, Sie sollten es tun. Sie sind die Leichteste von uns – Ihr Gewicht hält der Ast bestimmt aus."

„Wie üblich: Frauen und Kinder zuerst", bemerkte Scully bissig. „Na ja, ich wollte ohnehin endlich dieses Jagdmesser ausprobieren." Sie tätschelte das funkelnagelneue Messer in dem funkelnagelneuen Futteral an ihrem funkelnagelneuen Gürtel.

Der Tragegeurt, den Moore für Scully aus dem Seil zurechtmachte, war zwar einfach, aber er funktionierte einwandfrei. Er schloß sich um ihre Taille und lief unter ihren Armen hindurch. Moore gelang es beim dritten Versuch, das Seilende über den Ast zu befördern. Er und Mulder begannen zu ziehen, und Scully wurde nach oben getragen.

Das macht ja richtig Spaß, dachte Scully bei sich. Dann aber erlosch ihr Lächeln. Das Ding kam immer näher, und je näher es kam, desto abstoßender sah es aus. Auf seinen schmierigen grauen Fasern glänzte eine Art öliger Schleim. Es handelte sich mit Sicherheit um einen Kokon. Aber Scully mochte sich nicht vorstellen, von was für einem Geschöpf er stammte.

„Kommen Sie dran?" rief Mulder von unten.

„Noch ein bißchen weiter", rief sie zurück.

Ein letzter Zug, und das Ding war in ihrer Reichweite. Sie streckte den Arm, so weit sie konnte, aus und begann, den Kokon mit ihrem Messer vom Ast zu lösen.

Dann erstarrte sie.

Ihr Magen schlug langsam einen Purzelbaum.

Etwas ragte aus der Öffnung, die sie dem Kokon beigebracht hatte, heraus.

Der knochige Finger eines Menschen.

„Können Sie etwas erkennen?“ schrie Mulder herauf.

„Ja, das kann ich!“ gelang es ihr zu antworten.

„Was ist es?“ rief Mulder.

„Moment noch, ich muß mir das genauer anschauen“, brachte sie mit Mühe hervor.

Scully spürte, wie das Seil einen Ruck machte.

Sie war jetzt noch näher an der Öffnung.

Vorsichtig spähte sie an dem Finger vorbei in den Kokon hinein.

Zwei leere Augenhöhlen starrte sie an. Sie hatte einen Totenschädel vor sich.

„Reden Sie schon, was sehen Sie?“ drängelte Mulder von unten.

„Das sehen Sie sich besser selbst an!“ gab Scully zurück. Sie schnitt den Kokon ganz vom Baum, und er fiel neben den Männern auf die Erde.

Mulder und Moore ließen Scully rasch wieder herunter. Dann besahen sie sich den Kokon. Als sich Scully von ihrem Tragegurt befreit hatte, hatte Moore den Kokon schon weit aufgeschnitten.

„Mein Gott“, flüsterte Scully entsetzt.

Im Innern des Kokons war eine Leiche. Sie hatte etwa die Größe eines Babys, das sich im Mutterleib zusammenkauert. Aber es war mit Sicherheit kein Baby – der Körper war zusammengeschrumpft und vertrocknet wie der einer Mumie.

Wer oder was war es gewesen, als es noch lebte? Und wie lange war das her?

„Es wird Zeit, daß wir uns an die Arbeit machen", murmelte Mulder. „Das hier sieht ganz nach einem Ihrer Lieblingsfälle aus."

Scully knirschte mit den Zähnen. Sie ermahnte sich, daß sie eine erfahrene Wissenschaftlerin war. Daß sie außerdem einen Abschluß in Medizin hatte. Sie durfte sich nicht anders verhalten als bei einem ganz normalen Routinefall: Sie griff in den Kokon und tastete die Leiche ab.

„Es fühlt sich hart und vertrocknet an", erklärte sie. Sie wünschte, sie würde sich innerlich so ruhig und gelassen fühlen, wie ihre Stimme nach außen hin klang. „Beinahe wie konserviert."

„Oder wie einbalsamiert", schlug Moore vor.

„Eher, als ob alle Körperflüssigkeit herausgesaugt worden wäre", überlegte Scully. „So ähnlich wie bei gepökeltem Fleisch". Sie untersuchte die Leiche noch einmal genau. „Er ist männlich, wie es aussieht."

Moore hatte sich inzwischen den Kokon vorgenommen.

„Ich würde sagen, das ist eine Art Spinnennest", sagte er. „Auf jeden Fall ein Insektenkokon."

„Und was für ein Insekt sollte das sein, das einen Mann einen ganzen Baum hinauf schaffen kann?" wandte sich Scully an die beiden Männer.

Alle drei schauten zu dem Ast hinauf, der hoch über ihnen hing.

Alle drei schüttelten den Kopf.

6

In dem verlassenen Lager pfiff Humphreys bei der Arbeit vergnügt vor sich hin. Die Reparatur des Generators hatte er fast zu Ende gebracht, und es machte ihm Freude, für die Schiff-Immergut Gesellschaft sein Bestes geben zu können.

Schiff-Immergut war immer gut zu Humphreys gewesen. Er hatte dort nach der Highschool seine erste Stelle bekommen. Er war Jahr für Jahr befördert worden. Sie bezahlten seinen Kombiwagen, sein Haus und seinen beiden Kindern das College. Sie kamen für seine Arztrechnungen auf und würden auch seinen Ruhestand bezahlen, wenn er einmal alt war. Alles verdankte er der Sägewerkgesellschaft – und er gab ihr dafür alles, was er hatte, zurück.

Er war gerade dabei, eine neue Zündkerze einzuschrauben, als er draußen ein Geräusch hörte. Es war nicht laut, aber Humphreys war nicht umsonst Leiter der Sicherheitsabteilung. Er hatte Ohren wie ein Luchs.

Er war auch so schnell wie ein Luchs. Er griff nach seiner Schrotflinte und schlich aus dem Schuppen, um festzustellen, wer der Eindringling war.

Humphreys wußte nicht, ob er auf einen Mann oder einen Grizzly stoßen würde. Es war ihm auch egal. Liebevoll strich er über seine Flinte, deren Kammern beide geladen waren.

Aus dem Augenwinkel sah er, wie sich die Tür der Hütte langsam schloß. Er legte sein Gewehr an und stieß die Tür mit dem Fuß auf.

Ein großer, schlaksiger Mann stand mit dem Rücken zur Tür am Tisch. Er kümmerte sich gar nicht um den Lärm, den Humphreys beim Hereinkommen machte. Er war viel zu sehr damit beschäftigt, mit beiden Händen das angeschimmelte Essen vom Tisch zu schaufeln und hinunterzuschlingen.

„Keine Bewegung!" schrie Humphreys ihn an. „Nehmen Sie die Hände hoch und drehen Sie sich langsam um."

Der Mann stopfte sich noch eine Handvoll Essen in den Mund und gehorchte dann ohne jede Eile.

Sein bärtiges Gesicht war umrahmt von langen braunen Strähnen, die vor Schmutz starrten.

„Doug Spinney", stieß Humphreys hervor. „Ich sollte Sie auf der Stelle erschießen."

Spinney sah Humphreys und seine Schrotflinte teilnahmslos an.

„Da könnten Sie sich ebensogut gleich selbst erschießen, Humphreys, alter Freund", sagte er ungerührt. Weder in seiner Stimme noch in seinem Blick war Angst zu erkennen.

„Sie können es sich wahrhaftig nicht leisten, mich zu provozieren", warnte ihn Humphreys. „Jetzt reden Sie schon, aber schnell: Was zum Teufel ist mit meinen Männern passiert?"

„Welchen Männern?" fragte Spinney müde.

„Den Männern, die hier im Lager gearbeitet haben", fauchte Humphreys und versuchte, den Finger am Abzug still zu halten.

Spinney hob die Schultern. „Ich weiß nicht, was mit ihnen passiert ist. Nicht genau. Aber ich kann's mir ungefähr vorstellen".

„Und was wäre das?" zischte Humphreys. Er hob die Flinte, so daß sie jetzt genau auf Spinneys Stirn zielte.

Ohne mit der Wimper zu zucken, sah Spinney direkt in den Lauf. „Vermutlich dasselbe, was mit uns passiert, sobald es dunkel wird . . ."

Plötzlich ertönte hinter ihnen eine Stimme: „Was ist denn hier los?"

Es war Mulder. Er stand in der offenen Tür, hinter ihm Scully und Moore.

Humphreys ließ widerstrebend die Waffe sinken. „Dieser Schweinehund ist Doug Spinney", erklärte er. „Der Kerl, der für all die Sabotageakte verantwortlich ist. Und ein Mörder. Ich hätte gute Lust, ihn gleich hier für seine Verbrechen büßen zu lassen."

Scully brauchte bloß einen Blick auf Spinney zu werfen, um zu wissen, wer er war. Er war einer der Saboteure auf Mulders Dias. Sie fragte sich, wo sich Spinneys Kumpan Teague wohl versteckt hielt.

„Ich bin kein Mörder", protestierte Spinney.

„Sie sind ein dreckiger Lügner", knurrte Humphreys und legte das Gewehr wieder an.

Mulder legte seine Hand auf den Lauf und drückte ihn sanft herunter.

„Wir sind hier, um zu ermitteln – nicht, um zu lynchen", ermahnte er Humphreys. „Hören wir uns an, was Mr. Spinney zu sagen hat."

„Wenn wir hier noch länger müßig herumstehen, wird bald keiner von uns mehr was zu sagen haben", erklärte Spinney aufgebracht. „Wir müssen den Generator wieder in Gang bekommen. Die Dunkelheit ist unser Feind."

„Was reden Sie da?" bellte Humphreys. „Erzählen Sie uns nicht solchen Blödsinn."

Spinney beachtete ihn nicht.

„Möchte mir vielleicht einer von Ihnen behilflich sein?" fragte er in die Runde. Ohne eine Antwort abzuwarten, schob er Humphreys' Flinte beiseite und ging zur Tür hinaus.

Humphreys starrte ihm mit offenem Mund nach. Es dauerte ein wenig, bis er sich wieder gefaßt hatte. Seine Hände packten das Gewehr fester, und er wollte zur Tür.

Mulder hob die Hand, um ihn aufzuhalten. „Nicht so voreilig, Humphreys", beruhigte er ihn. „Ich habe das dunkle Gefühl, er weiß, was er tut."

„Der und den Generator reparieren?" Humphreys lachte höhnisch auf. „Der weiß doch nur, wie man etwas kaputtmacht, nicht wie man es in Gang bekommt. Ich bin schließlich der, der die kaputten Teile wieder zusammenbauen durfte."

„Aber er scheint der einzige zu sein, der die Teile dieses rätselhaften Verwirrspiels wieder zusammenbauen kann", entschied Mulder. „Wir helfen ihm."

Er ging hinter Spinney her.

„Agent Mulder hat leider die merkwürdige Angewohnheit, in diesen Dingen recht zu behalten", erklärte Scully und folgte ihm.

Humphreys wechselte einen kurzen Blick mit Moore.

„Wir sollten lieber mitgehen", meinte er. „Es ist nicht gut, wenn Spinney mit den beiden allein bleibt. Er ist zu geschickt darin, seine eigene verlogene Version der Geschichte an den Mann zu bringen. Besonders an Leute aus Washington, D. C., die von nichts eine Ahnung haben."

Als die vier Spinney einholten, trug er einen 25-Liter, Benzinkanister in der Hand.

„Na, wollen Sie da Zucker reinschütten?" höhnte Humphreys. „Oder habt ihr euch entschlossen, diesmal gleich das ganze Lager niederzubrennen?"

„Ich gebe Ihnen einen guten Rat, Humphreys. Halten Sie den Mund – und machen Sie Augen und Ohren auf", sagte Spinney ruhig.

Er schleppte das Benzin zum Generator. Die anderen beobachteten ihn genau.

„Was meinen Sie damit, daß die Dunkelheit unser Feind ist?" fragte ihn Mulder.

Spinney goß das Benzin langsam in den Tank des Generators. „Sie kommen erst raus, wenn es dunkel ist", antwortete er, ohne aufzuschauen.

„*Wer* kommt dann raus?" beharrte Mulder.

Spinney leerte den Kanister bis auf einen kleinen Rest, setzte ihn dann ab und schraubte den Deckel wieder zu. „Sie kommen vom Himmel herunter. Sie reißen einen Mann von den Beinen und verschlingen ihn bei lebendigem Leibe. Das habe ich selbst mit angesehen."

„Und wem ist das passiert?" fragte Mulder.

Spinney beachtete die Frage nicht. „Gott, ich hoffe, das Ding funktioniert jetzt . . ." Er griff nach der Startleine des Generators und zog mit einem kräftigen Ruck.

Während sie zusah, mußte Scully sich eingestehen, daß auch sie verzweifelt darauf hoffte, der Generator würde anspringen.

Sie wußte zwar nicht genau, warum – aber sie hatte das dumpfe Gefühl, sie würde es bald erfahren. Dann würde sie wissen, warum Licht in diesem Wald auf einmal zum wertvollsten Gut auf Erden werden konnte.

7

Der Generator ächzte einmal auf. Dann zweimal. Und erwachte schließlich dröhnend zum Leben.

Scully fuhr sich mit der Hand über die Stirn. Sie merkte, daß sie schwitzte.

„Ich sterbe vor Hunger“, verkündete Spinney. „Ich habe seit drei Tagen nichts mehr gegessen.“

Ohne ein weiteres Wort zu verlieren, ging er zielstrebig auf die Hütte zu.

Humphreys wandte sich an die anderen. „Was für einen hirnrissigen Blödsinn der Kerl uns da auftischen will. Als ob auch nur einer von uns ihm das abnehmen würde“, murrte er.

Die anderen schwiegen.

„He, was ist denn los mit Ihnen?“ drängte Humphreys. „Dieser Spinney würde doch nicht einmal die Wahrheit sagen, wenn sein Leben davon abhinge.“

„Wir haben etwas im Wald gefunden“, erklärte ihm Scully.

„Und was?“

„Die Leiche eines Mannes in einem Insektenkokon“, sagte Moore.

„In einem Kokon?“ Humphreys riß die Augen auf.

„Oder etwas Ähnlichem“, meinte Mulder.

„Ich habe so etwas noch nie gesehen“, gab Moore zu.

„Wir müssen herausfinden, um was genau es sich bei dem Ding handelt“, sagte Scully.

„Wir müssen noch viel mehr aus Mr. Spinney herausbekommen.“ Mulder rieb sich das Kinn.

Scully sah zur Hütte hinüber. Die Fenster leuchteten hell aus der Dämmerung heraus.

„Na ja, wenigstens wissen wir jetzt, daß das Licht funktioniert“, bemerkte sie.

„Und wir wissen auch, daß er es sofort angestellt hat, als er die Hütte betrat“, überlegte Mulder. „Das Licht war ihm wichtiger als das Essen.“

Alle vier gingen zur Hütte. Spinney öffnete gerade Dosen mit Würstchen und dicken Bohnen. Das halb verschimmelte Essen auf dem Tisch hatte er schon vertilgt.

Spinney sah auf und grinste Humphreys schief an. „Ärgert Sie das, Humphreys?“ fragte er. „Ein Kerl wie ich vergreift sich an Firmeneigentum? Aber glauben Sie mir, das ist im Moment Schiff-Immerguts geringste Sorge. Übrigens auch unsere geringste Sorge.“

„*Ihre* Sorge, Spinney, nicht unsere“, entgegnete Humphreys finster. „Sie sind es, der Probleme bekommen wird.“

„Sie meinen wohl, wenn wir erst in die Zivilisation zurückgekehrt sind?“ Spinney zuckte mit den Achseln. „Das stellt im Augenblick kaum das vordringliche Problem dar.“ Er machte sich daran, die dicken Bohnen kalt aus der Dose zu löffeln.

Mulder setzte sich ihm gegenüber. „Ich muß Ihnen ein paar Fragen stellen, Mr. Spinney.“

„Ich koch uns Tee“, bot Scully sich an. „Es wird bestimmt eine lange Nacht.“

„Ja . . .“, murmelte Spinney mit vollem Mund. „Die Nächte hier sind lang. Sehr lang sogar.“

Moore setzte sich mit an den Tisch. Humphreys behielt das Gewehr auf den Knien und beobachtete Spinney bei jeder Bewegung.

„Was ist Ihnen hier draußen passiert?“ begann Mulder.

Spinney ließ sich Zeit mit der Antwort. Er war mit der ersten Dose Bohnen fertig und öffnete die nächste. Er wischte sich mit dem Handrücken über den Mund und rülpste vernehmlich. Dann fing er an zu berichten: „Wir hatten unser Zelt zwei Täler weiter aufgeschlagen. Wir waren zu viert, jetzt nur noch zu dritt – nach dem, was gestern abend geschehen ist.“

Humphreys spuckte aus. Der Speichel landete direkt neben Spinneys Füßen auf der Erde. „Kein Wunder, daß es hier so komisch riecht“, warf er ein. „Der Wald ist voller Stinktiere.“

„Glauben Sie mir, hier gibt es weitaus Schlimmeres als Stinktiere“, sagte Spinney ernst. Dann fuhr er zu Mulder gewandt fort: „Die Batterie in unserem Jeep war leer. Wir haben Strohhalme gezogen, um zu entscheiden, wer zu Fuß hierher laufen und eine volle Batterie von den Holzfällern klauen soll.“

Humphreys wollte etwas sagen, aber Mulder brachte ihn mit einem scharfen Blick zum Schweigen.

„Warum haben Sie nicht alle vier zu Fuß den Wald verlassen?“ erkundigte sich Mulder.

„Das ist mehr als ein Tagesmarsch“, antwortete Spinney. „Wir wollten auf gar keinen Fall nach Einbruch der Dunkelheit noch draußen sein. Nicht nach dem, was Teague zugestoßen ist.“

„Teague ist der, der bei lebendigem Leib gefressen wurde?“ fragte Scully, als sie allen Tee einschenkte.

Spinney nickte langsam. Er schob die Dose Bohnen von sich. Offenbar hatte er den Appetit verloren.

„Was hatten Sie denn eigentlich hier oben vor?“ setzte Mulder die Befragung fort.

Spinney hob in gespielter Unschuld die Augenbrauen. „Campen . . .“

„Ja sicher“, platzte Humphreys heraus. „Eure Art von Camping kenne ich . . . Sabotage und Mord!“

„Nun mal immer hübsch langsam“, schritt Mulder ein.

Aber Moore nahm Partei für Humphreys. „Er hat recht“, sagte er zu Mulder. „Dieser Mann ist eindeutig straffällig geworden. Ich könnte ihn festnehmen und unter Arrest stellen.“

„Du könntest und *solltest* das tun“, betonte Humphreys. Spinney und seine Freunde wurden auf zu vielen Plakaten polizeilich gesucht – er machte sich gar nicht erst die Mühe, sich zu verteidigen. Er ging direkt zum Angriff über.

„Und was ist mit Ihnen?“ wandte er sich fordernd an Humphreys. „Was ist mit den Verbrechen gegen die Natur, die Sie begehen?“

„Wir bewegen uns streng im Rahmen der Gesetze“, erklärte Humphreys pikiert. „Wir bezahlen für das Recht, diese Bäume zu fällen und dann verpflichten wir uns . . .“

Spinney unterbrach ihn schroff. „Ach ja? Jetzt hören Sie mal gut zu, Mr. Recht und Ordnung: Ihre Holzfäller haben Bäume abgeholzt, auf die niemand ein Recht hat. Bäume, die hier schon vor Hunderten, sogar vor Tausenden von Jahren standen. Bäume, die markiert sind und unter Naturschutz stehen. Nur, daß sich hier draußen niemand darum schert. Also erzählen Sie mir nichts von Verbrechen, *Sir*!“

Moore beugte sich interessiert vor: „Die Schiff-Immergut Holzfäller haben markierte Bäume gefällt?“

„Da können Sie aber Gift drauf nehmen“, versicherte Spinney. „Von Ihren eigenen Leuten weithin leuchtend in Orange markiert. Mit dem deutlichsten *Fällen verboten*!-Zeichen versehen. Oder irre ich mich vielleicht, Herr Forstverwaltungsbeamter? Sind Sie vielleicht eher an grünen Scheinen interessiert als an grünen Bäumen?“

Moores Gesicht färbte sich rot. Er wandte sich an Humphreys: „Alte Baumriesen. Weißt du irgend etwas darüber, Steve?“

„Nein. Natürlich nicht“, raunzte Humphreys.

Moore sah ihn durchdringend an.

„Gilt *sein* Wort schon mehr als *meins*?“ fragte Humphreys empört.

Moore antwortete nicht – doch sein Schweigen ließ auf einiges schließen.

Humphreys stand auf. „Ich werde hier nicht länger sitzen und mir diesen Schwachsinn anhören“, knurrte er. Wütend stampfte er zur Tür. Spinney lehnte sich im Stuhl zurück, während er ihm zusah. Ein seltsames Lächeln huschte über sein Gesicht.

„Gehen Sie nicht da raus, Humphreys“, warnte er ihn milde. „Glauben Sie mir wenigstens das. Die sind da draußen.“

Humphreys blieb stehen, die Hand schon an der Türklinke. Er lachte.

„Was?“ fragte er spöttisch. „Habe ich das richtig verstanden: Wenn ich aus der Tür gehe, wird mich etwas anfallen, das mich bei lebendigem Leib verspeist und danach in sein Netz einspinnt?“

Spinney grinste noch breiter. „Ja . . .“

Humphreys lachte so laut, daß er erst zu Atem kommen mußte, bevor er weitersprechen konnte: „Und dieses *Ding* ist wahrscheinlich zu höflich, um hier einfach hereinzuschneien und mich an Ort und Stelle zu fressen?!“

„Aus irgendeinem Grund haben sie Angst vor dem Licht“, antwortete Spinney gelassen.

„Sie haben *Angst* vor dem Licht?“ Humphreys bog sich vor Lachen.

Moore unterbrach ihn. „Es könnte was dran sein an dem, was er sagt, Steve.“

Humphreys hörte auf zu lachen. Seine Stimme war wutverzerrt: „Weißt du, was ich glaube? Ich glaube, dieser Mann ist ein Lügner und ein Mörder. Ich glaube, er ist genau der Typ, der so eine Geschichte erfindet. Ich traue ihm sogar zu, dieses Kokon-Gebilde selbst da oben aufgehängt zu haben. Der tischt uns diesen verlogenen Mist auf, nur damit er sich ungestraft an jedem vergreifen kann, der Bäume fällt. Und jetzt werde ich dir beweisen, daß ich recht habe.“

Er stieß die Tür auf.

Er ging entschlossen hinaus in die Nacht, die Schrotflinte schußbereit.

Spinney lehnte sich zurück. „Es soll keiner behaupten, wir hätten ihn nicht gewarnt . . .“

Mulder ging zur Tür und spähte hinaus in die Nacht. Scully kam hinterher. Die anderen beiden folgten ihr.

Scully hörte merkwürdige Summgeräusche. Scharfe kurze Töne, die im Nu wieder erloschen.

„Was ist denn das?“ wandte sie sich an die andcren.

„Eine Insektenfalle“, erklärte Mulder. Er deutete auf einen helleuchtenden Kasten, der vor der Hütte aufgehängt war. „Sie lockt nachts die Käfer und Mücken an, und dann werden sie da drin gegrillt. Gerade muß ein ganzer Schwarm hineingeraten sein.“

„Im Wald gibt es viele Insekten.“ Scully starrte fröstelnd in die Dunkelheit.

„Sehr viele Insekten“, stimmte ihr Spinney zu. „Sie sind alle Teil eines genau abgestimmten Plans der Natur. Wenn wir sie vernichten, stören wir das Gleichgewicht. Wie übrigens mit fast allen Dingen, die wir hier draußen tun.“

Der Ton hörte so plötzlich auf, wie er begonnen hatte.

Die Nacht war totenstill.

Dann hörten sie Humphreys’ höhnische Rufe.

„Na los, kommt schon raus! Wo steckt ihr denn? Kommt doch und holt mich!“

8

Am nächsten Morgen machte sich Humphreys immer noch über Spinney lustig. Alle saßen zusammen am Frühstückstisch. Moore hatte das Essen zubereitet: Pfannkuchen und Kaffee.

„He Spinney“, spöttelte Humphreys. „Der schwarze Mann hat mich immer noch nicht geholt. Und das Krümelmonster hat mich auch nicht gefressen. Noch nicht mal den großen bösen Wolf habe ich getroffen, komisch, was?“

„Wissen Sie, Humphreys“, entgegnete Spinney angewidert, „Typen wie Sie kenne ich noch gut aus Vietnam. Sie laufen nachts Patrouille im Dschungel und machen Scherze, wenn sie zurückkommen. Sie sagen: ‚Ein Kinderspiel, der reinste Spaziergang‘. Aber dann, eines Nachts, kommen sie nicht mehr zurück. Und wir müssen raus und sie suchen – um sie dann in Plastiksäcke verpackt nach Hause zu schikken.“

„Sie waren in Vietnam?“ fragte Moore erstaunt. „Das hätte ich nicht gedacht.“

„Ja, ich war da“, erklärte Spinney. Seine Stimme wurde hart. „Worauf Sie einen lassen können. Ich war einer von denen, die den Dschungel mit Gift bombardierten. Sie wissen schon, Agent Orange! Als ich dann gesehen habe, was das Zeug den Bäumen – und den Menschen! – antut, habe ich mir geschworen, ich würde es wieder gutmachen. Ich würde gegen die Zerstörung der Erde ankämpfen, selbst wenn ich noch einmal einen Krieg dafür führen müßte."

„Ich war auch in Vietnam", sagte Moore langsam. „Und ich bin stolz darauf. Ich war dort, um meine Pflicht zu tun. Um meinem Land zu dienen, unsere demokratischen Errungenschaften zu schützen und unsere Gesetze zu verteidigen. Genau das, was ich auch jetzt noch tue."

„Sie dienen Ihrem Land", versetzte Spinney spöttisch, „und ich meinem."

„Wir haben beide nur ein Land", begehrte Moore auf.

„Das sagen Sie", grinste Spinney.

„Das weiß ich!" erwiderte Moore mit Nachdruck.

Scully verfolgte den Streit der beiden Männer. Sie war noch ein kleines Mädchen gewesen, als der Vietnamkrieg endete. Aber für diese Männer war er immer noch im Gange – vermutlich würde er für sie nie zu Ende gehen.

Mulder sprach ihr aus der Seele, als er einwarf: „Vergessen wir Vietnam. Wir haben es hier mit einem anderen Krieg zu tun – und mit einem anderen Feind. Und in diesem Krieg stehen wir alle auf der gleichen Seite. Ich schlage vor, wir gehen jetzt in den Wald und sehen, ob wir von den Vermißten nicht irgendeine Spur finden können. Vielleicht finden wir ja doch noch heraus, was ihnen tatsächlich zugestoßen ist. Wir sollten möglichst kein Tageslicht verschwenden."

„Und ich finde, wir sollten keine Zeit mehr verschwenden", schaltete sich Humphreys ein. „Hier draußen gibt es nichts weiter als ein paar Bäume – Bäume, deren Wert dieser Kerl hier höher einschätzt als ein Menschenleben. Ich will ihn unter Mordanklage vor Gericht sehen."

Humphreys wandte sich an Moore: „Na los, Larry. Meinst du nicht auch, wir sollten diesen Schweinehund in die Zivilisation zurückbringen? Er gehört hinter Gitter."

Moore warf Humphreys einen skeptischen Blick zu. „Ich brauche mehr Beweise – und auch mehr Informationen. Ich möchte mir die Bäume, die ihr abgeholzt habt, noch einmal genauer ansehen."

„Ach, wollen Sie das wirklich tun?" fragte Spinney. „Ich kann Ihnen einen zeigen. Aber ich warne Sie: Es ist kein schöner Anblick."

„Glaub diesem Halunken kein Wort!" brauste Humphreys auf. „Der lügt doch, sobald er den Mund aufmacht."

„Meinen Worten müssen Sie nicht glauben", konterte Spinney, „– nur Ihren eigenen Augen!"

„Als ob man einem falschen Rattenfänger hinterherliefe", grummelte Humphreys. Aber dann schloß er sich doch den anderen an, als sie Spinney in den Wald folgten.

Spinney wußte genau, wohin er sie führte. Er zögerte keinen Augenblick, als er ihnen voranging.

„Wir sind da", verkündete er. „Schauen Sie sich das hier an. Aber untersuchen Sie es gründlich."

„Mein Gott", rief Scully überrascht. „Was für ein Baumriese!"

„Sie meinen wohl, was für ein toter Baumriese", verbesserte Spinney sie sarkastisch.

Der Baum lag umgestürzt auf dem Waldboden. Er war mindestens 50 Meter lang und maß mehr als drei Meter im Durchmesser.

„Dieser Redwoodbaum stand hier schon seit Urzeiten", erläuterte Spinney. „Bis dann ein Haufen habgieriger Leute kam und ihn einfach fällte."

Spinney lächelte bitter, als Scully und Mulder den Stamm abschritten – einen Baumriesen dieses Ausmaßes hatten sie noch nie gesehen.

Moore hockte sich neben den Baumstumpf. Er besah sich das unübersehbare orangefarbene X, das darauf gesprüht war, genau.

„Wer ist für die Markierung dieser Bäume zuständig?“ fragte ihn Scully.

„Die Bundesforstverwaltung“, antwortete Moore. „Nur die Bäume mit einem blauen X dürfen gefällt werden.“

„Ein so großer Baum gibt bestimmt eine Menge Holz her.“ Scully sah noch einmal den beeindruckenden Stamm entlang.

„Hunderte von Kubikmetern“, stimmte Spinney zu. „Es ist viel einfacher, als viele junge Bäume zu fällen. Auch viel billiger. Mit diesen alten Riesen machen sie tonnenweise Geld.“

„Mir kommen gleich die Tränen“, höhnte Humphreys. Er wandte sich an Scully: „Wenn ich Sie mal dran erinnern darf: Diese Terroristen schrecken nicht davor zurück, Bäume mit ihrer eigenen Farbe zu markieren.“

Moore schaute von dem orangefarbenen X auf. Der Ausdruck in seinen Augen war kalt, und seine Stimme klang scharf, als er sagte: „Dieser Baum war mindestens fünfhundert Jahre alt, Steve, wenn nicht sogar älter.“

Mulder interessierte sich mehr für den Baumstumpf. „He, schauen Sie sich das mal an!“

Seine aufgeregte Stimme ließ sie sich dem Stumpf zuwenden. Sie beobachteten Mulders Finger, der von außen nach innen an den Jahresringen entlangfuhr. Dann hielt er inne und blieb an einem Ring stehen, der deutlich dicker war als alle anderen. Er war auch von anderer Farbe: nicht braun, sondern schwefelgelb.

„Was hat dieser Ring wohl zu bedeuten?" Mulder sah Moore fragend an.

„Ich weiß es nicht. So einen habe ich noch nie gesehen", mußte Moore zugeben.

„Die Ringe in der Mitte sind doch die ältesten, oder?" fragte Scully.

„Ja", bestätigte Moore. „Jeder Ring steht für ein Jahr des Wachstums. Man kann sie zählen und weiß dann genau, wie alt der Baum ist. Man kann auch Untersuchungen daran vornehmen, die Aufschluß geben über Niederschlag und Klima. Aber dieser gelbe hier . . . Ich weiß nicht, ich nehme lieber eine Probe."

„Sind wir endlich fertig mit dem Naturkundeunterricht?" mischte sich Humphreys aufbrausend ein. „Ich will nur eins wissen: Was ist mit meinen Holzfällern passiert?"

„Genau das versuchen wir ja herauszufinden", antwortete Scully geduldig.

„Indem Sie sich einen Baumstumpf ansehen?" fragte Humphreys herablassend. „Diesen Bastard hier sollten Sie sich vorknöpfen. Sie werden schon sehen: er ist schuldig. Er war es, er hat meine Leute auf dem Gewissen."

„Ich glaube nicht, daß er es war", erklärte Mulder ruhig.

„Ich schon", gab Humphreys zurück. Seine Hände umfaßten die Schrotflinte fester, und seine Stimme klang drohend: „Ich will, daß er verhaftet wird. Und zwar sofort."

„Wozu die Eile? Er versucht doch gar nicht zu fliehen."

„Nicht, solange ein Gewehr auf ihn gerichtet ist", erwiderte Humphreys mißtrauisch und richtete seine Waffe auf

Spinney. „Aber was ist, wenn seine drei Kumpel auftauchen, während du hier herumschnüffelst? Erinnerst du dich nicht mehr, was deinen Freunden von der Forstverwaltung passiert ist?“ wandte er sich an Moore. „Du kannst dir doch wohl denken, was die Saboteure ihnen angetan haben.“

„Ich will nur eine Probe von diesem Baum nehmen, Steve“, wiederholte Moore.

„Da unten wohnen Familien, die wissen wollen, was mit ihren Männern und Vätern geschehen ist“, beharrte Humphreys. „Und das willst du doch auch, Larry. Du wirst die Lösung aber nicht in diesem Baumstumpf finden. Wir haben ein Verbrechen zu klären, und je schneller das geschieht, desto besser.“

„Der Tod dieses Baumes ist das einzige Verbrechen, das hier zu klären ist“, warf Spinney ein.

Humphreys sah zu Moore hin. Dann zu Mulder, dann zu Scully.

Er unternahm einen letzten Versuch, sie auf seine Seite zu bringen: „Nun werdet doch vernünftig, Leute. Laßt euch von diesem Mörder keinen Sand in die Augen streuen.“

Niemand rührte sich.

„Bitte, wenn ihr euch unbedingt wie Versager benehmen wollt“, sagte Humphreys wütend. Er wandte sich um und ging.

„Wohin gehst du, Steve?“ fragte Moore.

„Ich gehe zu Fuß zurück zum Wagen“, knurrte Moore über die Schulter zurück. „Ich versuch’s mit dem Telefon. Vielleicht kriege ich ja ein paar Leute hier rauf, die bereit sind, endlich was zu unternehmen.“

„Steve!“ rief ihm Moore hinterher.

Aber er war schon zwischen den Bäumen verschwunden.

„Lassen Sie ihn“, sagte Spinney. „Soll er es selbst herausfinden.“ Er lächelte. „Und das wird er. Gleich nach Sonnenuntergang.“

9

Humphreys' wütend stampfende Schritte verhallten im Wald. Er war fort.

Moore kehrte zum Baumstumpf zurück.

„Mal sehen, was wir noch herausfinden können – bevor es dunkel wird", schlug er vor. „Ich bohre mir jetzt eine Probe aus dem Innern heraus. Die können wir dann im Lager genauer untersuchen."

„Okay." Mulder nickte zustimmend. „Der gelbe Ring kann uns vielleicht ein paar Antworten geben."

„Na, hoffentlich", bemerkte Scully düster. „Alles, was wir bisher haben, sind Fragen."

Spinney schüttelte den Kopf. „Sie wollen mir einfach nicht zuhören, wie? Sie wollen nicht wahrhaben, was ich mit eigenen Augen gesehen habe. Ich jedenfalls habe nur eine Frage: Haben wir genug Benzin für den Generator? Werden wir diese Nacht überleben?"

Als sie wieder im Lager waren, sagte Spinney: „Ich gehe in den Schuppen und sehe nach dem Generator. Ich schau nach, wieviel Benzin noch da ist."

Die anderen gingen in die Hütte. Moore stellte seine Baumprobe, einen schmalen Holzzylinder von der Größe eines Bleistifts, auf den Tisch. Dann besah er sie sich durch eine Lupe. „Das ist eigenartig", sagte er langsam.

„Eigenartig? Bei diesem Fall?" witzelte Scully. „Sie scherzen."

„Was meinen Sie?“ fragte Mulder.

„In diesem gelben Ring ist etwas Lebendiges“, stellte Moore fest. „Igendeine Art von winzigem Käfer. Das verstehe ich nicht.“

„Wieso nicht?“ erkundigte sich Scully. „Viele Insekten leben doch in Bäumen.“

„Das stimmt“, sagte Mulder. „Warum nicht auch diese Käfer?“

„Parasiten greifen einen Baum auf alle möglichen Arten an“, erklärte Moore. „Aber nur die lebenden Teile. Die Blätter, die Wurzeln, die neuen Jahresringe.“

„Vielleicht bohren sie sich hinein“, spekulierte Mulder.

„Nicht einmal die besten Bohrer unter den Insekten würden so tief in einen Baum eindringen können“, entgegnete Moore. „Hier, sehen Sie selbst.“ Er reichte Mulder die Lupe.

Mulder sah hindurch. Jetzt erkannte er, was Moore gemeint hatte. Über das gelbe Holz krochen zahllose Milben. Sie waren so klein, daß man sie mit bloßem Auge nicht sehen konnte. Sie waren anders als alle Milben, die Mulder je gesehen hatte – sie sahen aus wie winzige Spinnen.

„Vielleicht ist das Holz in diesem Ring anders. Sie scheinen sich davon zu ernähren. Schauen Sie sich das mal an, Scully. Vielleicht können Sie was damit anfangen.“

Er gab ihr die Lupe.

Sie sah hindurch und schüttelte den Kopf. „So etwas habe ich noch in keinem Lehrbuch gefunden.“

„Können Sie sie näher bestimmen?“ fragte sie Moore.

„Es handelt sich anscheinend um Holzmilben“, erwiderte Moore. „Aber diese Art habe ich noch nie gesehen. Ich kann mir das Ganze wirklich nicht erklären.“

Ich kann mir das Ganze wirklich nicht erklären. Dieser Satz brachte Mulders Augen zum Leuchten. Scully wußte, warum. Mulder war jetzt auf vertrautem Boden. Auf seinem bevorzugten Jagdgelände. Auf Akte-X-Territorium.

„Könnte es sein, daß sie schon Hunderte von Jahren in dem Baum gelebt haben?“ fragte er. „Oder vielleicht noch länger?“

„Ich wüßte nicht wie“, antwortete Moore. „Der gelbe Ring war zu nahe am Bauminnern. Ein Baum versorgt nur die äußeren Ringe mit Wasser, und Insekten brauchen Feuchtigkeit, um zu überleben.“

„Jedenfalls die Insekten, die wir kennen“, wandte Mulder ein.

Inzwischen schaute Scully wieder durch das Vergrößerungsglas.

„Sie scheinen aus dem Holz auszuschlüpfen“, beobachtete sie. „Vielleicht sind Sie auf ein größeres Nest gestoßen, als Sie diese Probe entnommen haben.“

„Könnten die einen Kokon bauen?“ kam eine Stimme von der Tür. Es war Spinney.

„Jetzt hört mal zu, ihr Gesetzestreuen“, sagte er zu ihnen. „Ich bin schon eine ganze Weile hier im Wald. Ich kenne diese Bäume, wie ich meine Freunde kenne. Und ich weiß, was hier vorgeht.“

„Was geht denn Ihrer Meinung nach hier vor?“ Aus Moores Frage sprach ehrliches Interesse.

„Ich werd's Ihnen erzählen – wenn Sie bereit sind, auf einen Saboteur zu hören . . .“

„Reden Sie schon, Spinney“, forderte ihn Moore auf. „Für dumme Spielchen ist es schon zu spät am Tag.“

„Da haben Sie allerdings recht – es ist schon sehr spät", gab Spinney zurück. Er war jetzt ernst geworden. Über den Einbruch der Dunkelheit machte er keine Scherze. „Mein Freund Teague ist gestorben, gleich nachdem dieser Baum gefällt wurde. Ungefähr zur selben Zeit sind auch diese Holzfäller verschwunden."

„Sie glauben, die Milben haben die Männer umgebracht?" Scully zog die Augenbrauen hoch.

„Vielleicht haben sie dort Hunderte von Jahren geschlafen", überlegte Spinney. „Vielleicht Tausende. Vielleicht sind sie jetzt mit einem *Mordshunger* aufgewacht."

Spinney hielt inne. Alle schwiegen. Sie dachten über Spinneys Wort nach – und über ihre Konsequenzen.

Spinney grinste: „Wissen Sie, ich vermisse den alten Humphreys beinahe. Es ist schon komisch, wenn hier keiner wie ein Esel lacht. Ich frage mich nur, ob er immer noch lacht."

Etliche Meilen entfernt lachte Steve Humphreys keineswegs. Im Gegenteil – er fluchte.

Es war immer noch hell, als er die Straße erreichte. Doch das Tageslicht wurde zusehends schwächer.

Der Wagen war noch da, wo sie ihn verlassen hatten. Er sah sich die beiden kaputten Reifen an. Auf den Felgen zu fahren, würde sie völlig ruinieren, aber er könnte so aus dem Wald herauskommen.

Er öffnete die Fahrertür und warf seine Schrotflinte auf den Vordersitz. Er setzte sich ans Steuer und griff nach dem Zündschlüssel.

Er griff ins Leere.

„Mist“, murmelte er. „Wo ist das verdammte Ding?“

Er schaute hinter der Sonnenblende nach. Nichts. Auch im Handschuhfach hatte er kein Glück.

Er sah aus dem Fenster. Das letzte Licht der Dämmerung verlosch.

„Wenigstens etwas“, sagte er zu sich, als er eine Taschenlampe aus dem Handschuhfach zog.

Er knipste sie an, gerade als die Dunkelheit vollends gesiegt hatte.

Er leuchtete aus dem Fenster. Die Nacht schien undurchdringlich, und der dünne Lichtstrahl der Taschenlampe sah mitleiderregend aus.

Aber es würde schon genügen. Er würde zumindest erkennen können, was er tat. Er mußte nur den Wagen kurzschließen und dann schleunigst aus diesem verfluchten Wald verschwinden.

Er machte sich unter dem Armaturenbrett zu schaffen. Ein Glück, daß wenigstens einer hier weiß, was er tut, dachte er. Er war vielleicht kein Vietnamheld – auch wenn es nicht seine Schuld war, daß man ihn nicht eingezogen hatte, nicht mit seiner schwangeren Frau daheim. Aber seine Survivaltechniken sollte ihm erst einmal einer dieser Veteranen nachmachen. Er jedenfalls war einer von denen, die wissen, wo es langgeht. Das Gesetz des Dschungels herrscht überall – fressen und gefressen werden. Nur die Stärksten überleben, die Schwachen sterben aus.

Er bekam die Zündkabel zu fassen. Na bitte, war doch kinderleicht! Er grinste und führte die Kabelenden zusammen. Sein Lächeln wurde breiter, als sie zündeten. Er hörte den Motor aufröhren. Ein, zwei Umdrehungen – dann starb er ab.

Verdammter Mist, dachte er, muß wohl feucht geworden sein. Er versuchte es noch einmal: Wieder sprangen die Funken der Zündkabel über, wieder heulte der Motor kurz auf.

Dann wieder nichts als Stille.

Er stieg aus dem Wagen. Er öffnete die Motorhaube und ließ den Strahl der Taschenlampe über den Motor gleiten. Er würde also herausfinden, was da nicht in Ordnung war, es reparieren und dann . . .

Hmmmmmmmmmm.

Das Summen kam aus dem Wald. Es wurde lauter und ebbte dann wieder ab.

Er richtete sich auf und leuchtete mit der Taschenlampe in die Richtung, aus der das Summen kam.

Er konnte nichts erkennen. Nur Bäume. Endlose Reihen von Bäumen.

Er holte seine Schrotflinte aus dem Wagen und richtete sie auf die Bäume.

Das Summen wurde wieder lauter – doch diesmal kam es aus einer anderen Richtung.

Er wirbelte herum, die Flinte in der einen, die Taschenlampe in der anderen Hand.

„Kommt raus, ihr Schweinehunde“, brüllte er. „Ihr macht mir keine Angst. Ich weiß, was ihr vorhabt.“

Die einzige Antwort war ein stetig anschwellendes Summen. Es wurde lauter und lauter.

Dann klappte Humphreys’ Kinnlade herunter. Die Taschenlampe fiel ihm aus der Hand.

Er machte sich nicht mehr die Mühe, sie aufzuheben. Es war jetzt weiß Gott hell genug. Der Himmel war überflutet von blendend grünem Licht, das sich in einer Wolke über die Baumwipfel legte.

Als er sie mit offenem Mund anstarrte, löste sich die Wolke in glühende kleine Pünktchen auf ... Und diese stürzten auf ihn herunter.

Humphreys feuerte wie ein Wilder aus beiden Läufen.

Aber das Summen übertönte mühelos das Echo seiner Schüsse. Er warf die Flinte weg und sprang in den Wagen, warf, so schnell er konnte, die Tür hinter sich zu. Er kurbelte die Fenster nach oben und versuchte noch einmal, den Wagen mit den Kabeln zu zünden.

Der Motor heulte auf, einmal, zweimal – und sprang schließlich an.

„Na los Kleiner, komm schon", preßte er zwischen den Zähnen hervor. Der Wagen setzte sich in Bewegung, schwankte auf seinen platten Reifen hin und her wie ein Betrunkener.

Durch das Fenster konnte Humphreys sehen, wie die grellen Lichtpunkte näher kamen. Sie prallten gegen die Scheiben.

Das sind eben irgendwelche Käfer, dachte er. Käfer, die im Dunkeln grün leuchten.

Er würde sie schnell wieder los sein. Gleich würde er hier ...

„Aaaaah!"

Er schrie auf, als er an seiner Hand den ersten Biß spürte. Erst jetzt sah er, wie die Käfer durch die Lüftung hereinströmten.

Während er gebannt auf den bizarren Schwarm starrte, füllten sie das ganze Auto. Sie bedeckten ihn vollständig.

Krochen über jeden Quadratzentimeter nackter Haut, seine Hände, sein Gesicht, seinen Hals. Er schlug wild um sich, aber sie schenkten ihm überhaupt keine Beachtung. Ihre Bisse brannten wie Feuer.

Nichts wie raus hier! Er riß am Griff der Tür, doch er konnte sie nicht öffnen.

Er kam nicht mehr heraus.

Nie mehr.

Nein.

„Neeeeeiiin!“

Sein letztes Lebenszeichen wurde von dem überwältigenden Summen übertönt, das die ganze Nacht beherrschte. Einem tödlichen Lied der Finsternis.

10

In der Holzfällerhütte brannte das Licht.

Scully saß immer noch vor der Baumprobe und untersuchte sie aufmerksam. Sie war eine Wissenschaftlerin, die sich von keinem noch so vertrackten Problem unterkriegen ließ.

Mulder stand auf und machte eine neue Kanne Tee. Er hatte die besten Ideen, wenn er seinen Geist entspannte.

Moore stand am Fenster und sah hinaus. Er war nervös, weil Humphreys immer noch nicht zurückgekommen war. Wenn sie sich auch im Streit getrennt hatten, so waren er und Humphreys doch seit Jahren Freunde gewesen.

Spinney war der einzige in der Hütte, der lächeln konnte. Er genoß Moores wachsende Sorge sichtlich.

„Humphreys müßte längst zurück sein", murmelte Moore. „Ich kenne Steve. Er geht leicht in die Luft, aber er beruhigt sich auch ebenso schnell wieder. Er würde uns nie im Stich lassen. Er hat viel Teamgeist."

„Warum gehen Sie denn nicht los und suchen ihn?" erkundigte sich Spinney spöttisch.

Moore gab keine Antwort.

„Andererseits", fuhr Spinney fort, „warum sollten Sie? Was könnte einem guten alten Burschen wie Ihrem guten alten Kumpel schon passieren? Einem ganzen Kerl, der keine Angst im Dunkeln hat?"

Vom Tisch her verkündete Scullys Stimme: „Diese Käfer bewegen sich nicht mehr. Entweder sie sind tot oder sie schlafen."

„Ich würde nicht darauf wetten, daß sie wirklich tot sind", meinte Spinney. „Noch darauf, daß sie schlafen. Es ist das Licht. Sie mögen keine Helligkeit."

„Das ist doch merkwürdig", wunderte sich Scully. „Normalerweise werden Insekten doch vom Licht angelockt."

„Das sind aber keine gewöhnlichen Insekten", sagte Spinney ungeduldig. „Haben Sie denn das immer noch nicht kapiert?"

Mittlerweile hatte Mulder noch etwas Ungewöhnliches entdeckt.

Er fuhr mit dem Finger über einen schmierigen Film, der alle Holzoberflächen in der Küchenzeile überzog.

Den gleichen Schmierfilm hatte er schon auf dem Kühlschrank gesehen.

Er untersuchte die ganze Küchenecke. Die Schmiere war überall. Entweder waren diese Holzfäller die schlampigsten Köche auf der ganzen Welt gewesen, oder . . .?

Oder was?

Er wußte es nicht. Er behielt die Frage als mentale Notiz im Hinterkopf. Es war, als ob man ein Teil in einem Puzzlespiel beiseite legte. Im Moment paßte es vielleicht noch nicht hinein, aber später, wenn ein paar Teile mehr an ihrem Platz waren, würde es passen.

„Scully . . ." Er blickte von seinen Fingerspitzen auf. „Wissen Sie viel über Insekten?"

„Ich hatte selbstverständlich nur Einsen in Biologie", griente sie. „Aber das ist schon eine Weile her."

„Woran können Sie sich noch erinnern?“ Mulder war es ernst.

„Na ja“, überlegte Scully. „Sie spielen eine wichtige Rolle in der Nahrungs- und Lebenskette. Man könnte sie sogar als Grundlage allen Lebens auf der Erde bezeichnen. Und es gibt sehr viele.“

„Mehr als Menschen, nicht wahr?“ fragte Mulder.

„Kann man wohl sagen“, lächelte Scully. „Auf einen Menschen kommen etwa zweihundert Millionen Insekten.“

„Und es gibt sie auch schon sehr lange?“ bohrte Mulder weiter.

„Viel länger als uns“, erklärte Scully. „Auch schon länger als die Dinosaurier. Mindestens sechs Millionen Jahre, nach dem neuesten Forschungsstand. Warum?“

Mulder kam an den Tisch. Er besah sich die Holzprobe genau. Er berührte sie zögernd und respektvoll.

„Wie alt ist dieser Baum genau? Fünf-, sechs-, siebenhundert Jahre?“

„Ja, mindestens“, antwortete Moore.

„Und die Ringe zeigen die Klimaveränderungen?“ Scully sah Mulder an, daß er eine Fährte hatte. Sie kannte ihren Partner.

„Richtig“, bestätigte Moore.

„Das bedeutet, daß ein seltsames Ereignis in dem Jahr stattgefunden haben muß, als dieser gelbe Ring entstand“, stellte Mulder fest.

„Sieht ganz so aus“, meinte Moore.

„Was für ein Ereignis könnte das gewesen sein?“ Scully versuchte, Mulders Gedanken zu folgen.

„Ich wage mal eine Vermutung.“ Mulder holte Luft. „Ein Vulkanausbruch. In dieser Gegend gibt es immer noch aktive Vulkane. Von Washington bis Oregon gibt es sie überall. Erinnern Sie sich noch an Mount Saint Helens? Der ganze Berg pustete eines Tages einfach seinen Deckel weg.“

„Wie könnte das mit den Käfern in Zusammenhang stehen?“ fragte Scully.

„Nehmen wir zum Beispiel nur mal Mount Saint Helens“, erläuterte Mulder. „Als er ausbrach, wurde Strahlung freigesetzt. Diese Strahlung kam tief aus dem Erdinnern. Und plötzlich wuchsen merkwürdige Wesen heran.“

„Was für merkwürdige Wesen?“

„Eins davon war eine Amöbe, die man in einem See fand“, erwiderte Mulder. „Niemand hatte je zuvor so etwas gesehen. Sie konnte einem Menschen das Hirn aussaugen.“

„Sie brauchen mir nicht unbedingt zu erzählen, wie man sie entdeckt hat“, sagte Scully angeekelt. „Ich kann es mir schon vorstellen“. Dann schüttelte sie den Kopf. „Eine Amöbe, die Gehirne aussaugt. Das ist wirklich zu abartig. Ich kenne Sie doch, Mulder. Manchmal sind Ihre Geschichten einfach zu dick aufgetragen.“

Aber Mulder erhielt unerwartete Verstärkung.

„Es ist wahr“, schaltete sich Spinney ein. „Das war im Spirit Lake. Es gibt schriftlich dokumentierte Untersuchungen und Berichte darüber, was Schwimmern in diesem See zugestoßen ist. Sie haben aber recht, Scully. Die widerlichen Details kann man sich wirklich sparen.“

„Na schön, also ich glaube Ihnen“, lenkte Scully ein. „Aber eine Amöbe ist ein einzelliger Organismus. Sie kann rasend schnell mutieren. Insekten sind etwas ganz anderes.

Sie sind komplexe Lebensformen mit tausenden von Zellen. Eine Mutation würde Jahre dauern, Jahrzehnte, vielleicht sogar Jahrhunderte. Neuer Versuch, Mulder."

Mulders Augen blickten abwesend in die Ferne. Scully konnte beinah hören, wie sein Gehirn arbeitete.

„Vielleicht ist es gar keine Mutation", sagte er schließlich mit wachsender Überzeugung. „Was wäre, wenn wir es hier mit einer Art Insekteneier zu tun hätten? Tausende, vielleicht auch schon Millionen von Jahren alt? Eier aus dem tiefsten Erdinnern, die durch einen Vulkanausbruch an die Erdoberfläche gerieten und durch das Wurzelsystem des Baums in ihn hineingesaugt wurden? Eier, die Hunderte von Jahren ruhig in dem Baum lagen . . ."

„Bis die Holzfäller den Baum absägten – und diese Eier ausgebrütet wurden", brachte Spinney Mulders Gedanken zu Ende. „Ja klar. He, das war richtig klug gedacht, Mr. FBI."

Spinney wandte sich an Moore: „Das wäre doch ein guter Witz, was? Oder vielleicht ist Witz nicht ganz das richtige Wort. Vielleicht ist es Gerechtigkeit. Jawohl, poetische Gerechtigkeit. Diese Holzfäller brechen das Gesetz und lassen dabei die Dinger frei, die sie umbringen."

Spinney hielt inne. „Und vielleicht auch Ihren Freund Humphreys."

Moore reagierte nicht.

„Und vielleicht uns", fuhr Spinney fort. „Vielleicht auch uns."

11

Doug Spinney wachte am nächsten Tag in der Morgendämmerung auf und fuhr mit einem Ruck hoch. Er hatte einen Alptraum gehabt. Einen Alptraum von Käfern, die seinen alten Freund Teague in Stücke rissen. Teagues Schreie hallten durch den Wald.

Während Spinney und seine anderen Freunde zusehen mußten, ohne etwas tun zu können . . .

In Spinneys Augen stand noch immer das nackte Entsetzen, als er sie öffnete. Dann blinzelte er und sah das erste bleiche Tageslicht durch die schmutzigen Fenster der Hütte schimmern. Er hatte wieder eine Nacht lebend überstanden.

Er sah nach oben. Das Licht in der Hütte brannte immer noch – der Generator hatte die Nacht auch überstanden.

Er sah sich im Raum um. Die anderen schliefen noch. Sie hatten keine Alpträume, die sie mit Gewalt aus dem Schlaf rissen. Noch nicht.

Er stand leise auf, bemüht, niemanden zu wecken. Er stahl sich aus der Hütte und schloß lautlos die Tür hinter sich.

Sobald er draußen war, begann er zu laufen. Er trabte zum Generatorenschuppen. Der Generator lief noch. Er machte sich nicht die Mühe, ihn abzustellen, denn er wollte nicht, daß das Licht in der Hütte ausging und die anderen dabei weckte. Die würden das Licht schon ausmachen, wenn sie aufwachten. Soviel Verstand hatten sie. So würde der Generator auch für eine weitere Nacht Benzin haben.

Spinney hob den 25-Liter-Benzinkanister hoch und schüttelte ihn. Er fühlte sein Gewicht und hörte, wie der Rest des Benzins darin schwappte. Es war nicht mehr viel davon über. Aber es würde schon reichen. Es mußte reichen.

Er trug den Kanister aus dem Schuppen zu einem der lädierten Lastwagen. Er klappte die Motorhaube auf. Aus dem Werkzeuggurt, der seine zerschlissene Jeans zusammenhielt, nahm er einen Schraubenschlüssel und löste leise und vorsichtig eine Mutter. Es war die Mutter, die die Batterie befestigte.

Er steckte den Schraubenschlüssel in seinen Gurt zurück. Begierig griff er nach der Batterie.

Ein scharfes Klicken hinter seinem Kopf ließ Spinney erstarren. Er wußte, was das für ein Geräusch war. Eine Waffe, die entsichert wurde.

Er drehte sich um und schaute direkt in die Mündung einer Pistole. Eine FBI-Waffe, Kaliber 45.

„Wohin denn so früh?“ fragte Mulder, seine Pistole auf Spinneys Stirn gerichtet.

„He, Sie sind aber leise“, sagte Spinney anerkennend. „Sie hätten sich in Vietnam gut gemacht. Natürlich ist mein Gehör auch nicht mehr das, was es mal war. Früher hatte ich auch Augen im Hinterkopf.“

„Ich finde Ihre Kriegserzählungen ungemein faszinierend“, sagte Mulder schneidend. „Aber jetzt wollte ich eigentlich etwas anderes hören. Ich frage Sie noch einmal: Wohin wollen Sie?“

„Ich? Wieso fragen Sie denn das?“ fragte Spinney zurück. Seine Augen zuckten unruhig hin und her, suchten sichtlich nach einer Ausrede, die ihn aus dieser Lage befreien könnte. Es fiel ihm keine ein. Das einzige, was er sehen konnte, war Mulders Pistole direkt vor seinen Augen. Und Mulders Blick, der ebenso gnadenlos zu sein schien.

„Kommt mir vor, als wäre das eine ungewöhnliche Zeit, um Autos zu reparieren“, sagte Mulder und bohrte seinen Blick noch weiter in Spinneys Augen. „Unterbrechen Sie mich, wenn ich etwas Dummes sage, – aber hatten Sie zufällig vor, heimlich von hier zu verschwinden?“

Spinney erwog eine Lüge, aber nicht sehr lange. Mulder war nicht der Typ, den man anlog. Nach außen hin mochte er lieb und sanft erscheinen, aber unter der Oberfläche dieses FBI-Agenten verbarg sich viel mehr als das – das spürte Spinney. Etwas, das so hart und unnachgiebig war wie ein Fels. Spinney hätte nicht genau sagen können, was es war, aber er wollte lieber nicht soweit gehen, es herauszufordern. Geschweige denn, es kennenzulernen.

„Okay, okay“, räumte Spinney ein. „Ich gebe zu, ich wollte meine Freunde retten. Sie sitzen immer noch mitten im Wald fest. Sie haben nur noch für vier Stunden Benzin in ihrem Generator. Maximal für sechs Stunden. Sie werden sterben, wenn ich nicht mit dem Benzin zu ihnen fahre.“

„Und wir?“ Mulders Stimme war wie Eis. „Um unseren Generator haben Sie sich wohl nicht so viele Sorgen gemacht.“

„Da ist noch so viel Benzin drin, wie Sie brauchen“, haspelte Spinney. „Ich habe das genau nachgeprüft. Er wird so lange laufen, bis ich Sie alle hier rausholen kann.“

„Uns alle hier rausholen?“ fragte Mulder ironisch. „Das ist aber wirklich großzügig von Ihnen. Leider wäre da noch eine Kleinigkeit ungeklärt. Dürfte ich fragen, wie Sie das anstellen wollen?"

„Mit dieser Batterie", antwortete Spinney überzeugt. „Sie funktioniert noch, sehen Sie. Es ist die einzige hier im Lager, die es noch tut. Die anderen haben wir alle hochgejagt, aber als die Reihe an diesen Laster kam, war es schon verdammt spät. Es war schon fast Nacht."

„Da haben Sie unseren kleinen Freunden ja zuvorkommend den Tisch gedeckt . . ."

„Hören Sie, lassen Sie uns diese alten Geschichten doch jetzt mal vergessen", lenkte Spinney ein. „Ich will das ja wieder gutmachen."

„Und wie?" Mulder hielt immer noch seine Pistole auf Spinney gerichtet.

„Ich und meine Freunde haben einen Jeep", erwiderte Spinney. „Er steht nur zwei Täler weiter. Alles, was er braucht, ist eine Batterie. Ich kann zu Fuß hingehen und morgen früh damit zurück sein. Wir können dann alle zusammen hier rausfahren, nichts leichter als das."

„Klingt nicht schlecht." Mulder entspannte sich ein wenig.

„Klingt nicht schlecht, weil es nicht schlecht ist", griente Spinney.

„Nur eine Frage noch . . . Wenn alles so ist, wie Sie sagen, warum dann dieses heimliche Hinausschleichen? Warum haben Sie uns nicht einfach von Ihrem Plan erzählt?"

„Wegen Moore. Dem Bufo – dem Bundesforstbeamten." Spinney schüttelte den Kopf.

„Was ist denn mit ihm?" wollte Mulder wissen.

„Er würde sich nie darauf einlassen", erklärte Spinney. „Er traut mir nicht. Ich bin keiner seiner Freunde vom Sägewerk. Für ihn bin und bleibe ich ein Gesetzloser. Egal, ob es das Sägewerk selbst ist, das das Gesetz bricht – ich bin jedenfalls der, der niemandem Geld einbringt."

„Sie behaupten, daß er Bestechungsgelder nimmt", folgerte Mulder. „Haben Sie denn Beweise?"

„Nee", sagte Spinney gedehnt. „Habe ich nicht. Und wahrscheinlich nimmt er auch gar kein Geld. Ich wollte Ihnen nur klar machen, wie diese aufrechten Typen denken: Wenn du ein Firmenlogo vorweisen kannst, bist du einer der Guten. Wenn du Aufsehen erregst, bist du schlecht."

„Und ich?" fragte Mulder weiter. „Warum sollte ich Ihnen denn glauben? Denken Sie daran, ich bin vom FBI."

„Vielleicht sind Sie einer von denen", sagte Spinney achselzuckend, „aber Sie sind mit Sicherheit ganz anders als alle, die ich bisher getroffen habe. Sie sehen nicht nur das, was Sie sehen wollen. Sie sind irgendwie ungewöhnlich. Auf jeden Fall ungewöhnlich genug, um die ungewöhnlichen Dinge in dieser ungewöhnlichen Welt zu sehen. Sie sollten auf unserer Seite kämpfen. Vielleicht tun Sie's aber auch schon."

„Nicht direkt", wich Mulder aus. Er mußte ein Lächeln unterdrücken – was ihn nicht daran hinderte, seine Pistole weiter auf Spinney zu richten.

„Hören Sie, Mann, vertrauen Sie mir", bat Spinney. „Vielleicht habe ich ein paar Dinge getan, die Sie nicht gutheißen können. Vielleicht habe ich ein paar Regeln nach meiner Façon zurechtgebogen. Vielleicht habe ich auch zwei- oder dreimal das Gesetz gebrochen. Aber ich hatte einen guten Grund dafür. Es geht um die Erhaltung des Lebens. Ich habe noch nie jemanden getötet . . . Jedenfalls nicht nach Vietnam, diese Hölle hat mich ein- für allemal kuriert. Jetzt möchte ich nichts weiter als eine Chance, Sie und Ihre Freunde zu retten. Die müssen Sie mir geben. Sie müssen mir einfach glauben."

„Und wenn nicht?"

„Sie wissen, was dann passiert", sagte Spinney ernst. „Sie haben es selbst gesehen. Kommen Sie schon, was haben Sie denn zu verlieren?"

„Wenn Sie mit unserem letzten Rest Benzin auf und davon gehen?" Mulders Stimme war leicht säuerlich. „Das verringert unsere Überlebenschance deutlich. Sie geht von schlecht zurück auf schlechter. Sie nähert sich bedenklich der Null."

„Das Risiko müssen Sie schon auf sich nehmen", drängte ihn Spinney.

Mulder biß sich auf die Lippen.

Sein eigenes Leben aufs Spiel zu setzen, war eine Sache.

Das Leben anderer zu riskieren, eine andere.

Spinney grinste ihn mit seinen gelben Zähnen breit an.

„He Mann, Pfadfinderehrenwort, daß ich zurückkomme", schwor er. „Also, was sagen Sie?"

12

Mulder mochte gar nicht daran denken, was passieren würde, wenn er sich in Spinney getäuscht hatte. Oder wenn Spinney sich geirrt hatte und es nicht mehr schaffen würde, mit seinem Jeep zu ihnen zurückzukommen.

Der Gedanke setzte sich fest.

Er konnte das Bild der menschlichen Überreste in dem Kokon nicht aus seinem Kopf vertreiben.

Er konnte nicht aufhören, daran zu denken, wie viele Kokons es noch gäbe.

Er konnte nicht aufhören, die Menschen zu zählen, die von hier verschwunden waren: die Holzfäller von vor ein paar Wochen, die Forstverwaltungsleute, die sie suchen sollten, die Holzfäller von vor fünfzig Jahren, die hier arbeiteten, bevor es Gesetze zum Schutz alter Bäume gab. Wie viele Kokons gab es noch? Wie viele Opfer in all den Jahren, als Menschen die alten Baumriesen fällten und den Zorn der Natur heraufbeschworen, der ihnen dann zum Verhängnis wurde?

Mulder hielt es nicht aus, nur dazusitzen und auf Spinney zu warten. Er mußte etwas unternehmen – zumindest mußte er es versuchen.

In einem der Laster fand er einen Werkzeugkoffer und nahm ihn mit in die Hütte. Die anderen waren gerade dabei aufzustehen. Er nahm keine Notiz von ihnen, sondern ging direkt zu dem ramponierten Funkgerät in der Ecke und begann, es auseinanderzunehmen.

„Ich wußte ja gar nicht, daß Sie auch ein Technik-Freak sind, Mulder“, bemerkte Scully, die sich noch den Schlaf aus den Augen rieb.

„Als ich noch klein war, habe ich immer gern an Amateurfunkgeräten herumgespielt“, erklärte Mulder, ohne von seiner Arbeit aufzublicken.

„Lassen Sie mich raten . . .“ Scully klang amüsiert. „Haben Sie es je geschafft, den Kontakt zu einem Raumschiff herzustellen?“

Das war ein ganz persönlicher Scherz zwischen den beiden. Nur Scully kannte Mulders Geschichte, wie seine kleine Schwester entführt worden war, als er noch ein Kind war. Entführt von Außerirdischen. Wie er es beobachtet hatte und wie niemand ihm hatte glauben wollen. Wie ihn das auf die Spur von anderen merkwürdigen Ereignissen gebracht hatte, auf die Spur von Menschen, die auf noch merkwürdigere Weise verschwunden waren. Eine Spur, die ihn schließlich zu den X-Akten geführt hatte.

„Nein“, mußte Mulder zugeben. „Aber das lag bestimmt nicht daran, daß ich es nicht oft genug versucht hätte.“

„Darauf wette ich.“ Scully sah ihm über die Schulter. Mulder war der Typ, der niemals aufgab, egal, wie schlecht die Aussichten auf Erfolg waren oder wie lange es dauern mochte.

„Eine Tasse Tee zum Frühstück?“ fragte sie ihn.

„Oh ja, bitte“, antwortete er, ohne seine Arbeit zu unterbrechen. Inzwischen war das Funkgerät in seine Einzelteile zerlegt, und er begann damit, sie wieder zusammenzufügen.

„Könnte ich auch welchen bekommen?“ bat Moore.

Der Forstverwaltungsbeamte stand auf und reckte sich. Er ging zum Waschbecken und ließ kaltes Wasser über sein Gesicht laufen. Scully gab ihm eine Tasse Tee, und er nahm einen Schluck.

„Danke“, sagte er. „Was macht Ihr Partner denn da?“

„Er bastelt am Funkgerät herum“, erwiderte Scully.

„Zeitverschwendung“, fand Moore. „Dafür braucht er den ganzen Tag.“

„Sagen Sie *ihm* das . . .“

Moore zuckte die Achseln. „Warum sollte er sich nicht damit beschäftigen? Ist besser, als gar nichts zu tun. Ich werde jetzt mal eine Runde durchs Lager machen. Ich möchte ganz sichergehen, daß Spinney nichts im Schilde führt. Eins ist aber mal sicher, weglaufen wird er nicht. Komische Sache eigentlich. Ein Kerl, der sagt, daß er die Bäume liebt, – und eine Todesangst vor dem Wald hat.“

Moore war gerade zur Tür hinaus, als Mulder verkündete: „Das Funkgerät funktioniert wieder.“

Er führte zwei Kabelenden zusammen. Ein statischer Summton, und das Gerät gab wieder Lebenszeichen von sich.

Scully kam zum Tisch. „Klappt es?“

„Na ja, so gut wie“, seufzte Mulder. „Es empfängt nichts. Der Receiver war unwiderruflich hinüber.“

„Aber man kann etwas senden?“ fragte sie aufgeregt. „Können wir eine Nachricht funken?“

„Ich werde mein Bestes versuchen“, antwortete Mulder. Er nahm das Mikrofon, drehte so lange an einem Schalter des Funkgeräts, bis das Rauschen nachließ. Er wählte eine Notruffrequenz und sprach dann laut und deutlich ins Mikro: „Das ist ein Notruf. Kann mich jemand auf dieser Frequenz hören?“

Als Antwort kam nur Rauschen.

„Wie ich’s mir gedacht hatte, kein Empfang. Alles, was ich tun kann, ist weiterzufunken und zu hoffen, daß jemand es hört. Und uns hier rausholt.“

Scully lächelte tapfer. „Kennen Sie das alte Rätsel? Wenn ein Baum im Wald umfällt, und niemand hört es, macht er dann ein Geräusch oder nicht? Ich schätze, wir werden die Lösung jetzt wohl herausfinden.“

Mulder sprach ins Mikrofon: „Hier spricht Special Agent Mulder vom FBI. Ich bin hier mit Special Agent Scully. Wir haben einen Notfall. Es besteht Verdacht auf eine lebensbedrohliche Insektenverseuchung. Wir haben es möglicherweise mit einer Quarantänesituation zu tun. Unsere Position ist . . .“

Mulder hielt inne. Scully breitete eine Karte vor ihm aus.

Aber bevor er ihre Position ablesen konnte, ging das Funkgerät wieder aus, und die Leuchtanzeige erlosch.

„Der Generator hat den Geist aufgegeben“, vermutete Scully.

„Kommen Sie, lassen Sie uns nachsehen.“ Mulder legte das Mikrofon weg und stand auf. Er entsicherte seine Pistole und ging mit Scully aus der Hütte. Im Generatorenschuppen trafen sie auf Moore.

„Was ist mit dem Generator los?“ fragte Mulder.

„Ich habe ihn ausgestellt“, erwiderte Moore.

„Na, dann stellen Sie ihn wieder an“, verlangte Mulder ungeduldig. „Ich habe das Funkgerät in Gang gebracht.“

„Wo ist der Benzinkanister?“ wollte Moore wissen.

Mulder zögerte. Er schluckte und sagte dann: „Spinney hat ihn."

„*Spinney* hat ihn?" Moore war fassungslos. Er schüttelte den Kopf, als hätte ihm jemand einen Schlag ins Gesicht verpaßt.

„Heute früh", erklärte Mulder. „Eine Batterie hat er auch mitgenommen."

„Er ist weg?" fragte Moore entsetzt und versuchte, die Neuigkeit zu verdauen. „Wann haben Sie denn entdeckt, daß er mit den gestohlenen Sachen abgehauen ist?"

Mulder zögerte wieder einen Moment, bevor er zugab: „Ich habe ihn gehen lassen. Er wird uns morgen hier abholen."

„Ach ja?" fragte Moore ironisch. „Hat er Ihnen das persönlich garantiert?"

„Er hat mir sein Wort darauf gegeben", antwortete Mulder lahm.

„Sein *Wort*", empörte sich Moore. „Was glauben Sie denn, was Spinneys Wort wert ist? Das Wort eines Mannes, der die Sabotage geradezu zur Kunst erhoben hat? Das Wort eines Mannes, der keine Autorität akzeptiert . . . der über das Gesetz nur lacht? Das Wort eines Mannes, der höchstwahrscheinlich eine Kugel durch meine Windschutzscheibe gejagt hat?"

„Es war eine Vertrauensfrage", erklärte Mulder.

„Ich kann dieses Vertrauen nicht teilen", sagte Moore scharf. „Ich würde es Dummheit nennen."

„Was hätten Sie denn getan?" versuchte Mulder sich zu verteidigen.

„Ich hätte ihn um jeden Preis aufgehalten", antwortete Moore. „Tot oder lebendig."

„Zumindest haben wir so eine Chance, lebendig hier rauszukommen“, wandte Mulder ein. „Das ist eine Chance mehr, als wir vorher hatten.“

„Oder auch eine weniger“, meinte Moore düster.

„Was wollen Sie damit sagen?“ fragte Scully stirnrunzelnd. Sie hätte Mulder gern Rückendeckung gegeben – doch wenn er solch einsame Entscheidungen traf, war das verdammt schwer.

„Ihr gutherziger Partner hat Spinney mit dem letzten Rest unseres Benzins ziehen lassen“, raunzte Moore. „Der Tank des Generators ist nur noch ein Viertel voll, vielleicht auch weniger. Wenn wir damit über die Nacht kommen, können wir von Glück sagen.“

„Was ist denn mit dem Benzin in den Lastwagen?“ warf Scully ein.

„Da Spinney nicht mehr hier ist, um es Ihnen zu erklären, kann das ja vielleicht Mulder übernehmen.“ Moore verzog das Gesicht, als hätte er auf etwas Faules gebissen.

„Mulder, also was ist damit los?“

„Es ist kein Benzin mehr da.“ Er wich ihrem Blick aus. „Die Tanks sind alle aufgebrochen oder mit Zucker gefüllt.“

„Und zwar von dem Mann, dem wir vertrauen sollen und der uns angeblich retten wird“, höhnte Moore.

„Dann müssen wir es eben weiter mit dem Funkgerät versuchen“, entschied Scully. „Wir müssen unbedingt einen S.O.S.-Ruf rausschicken. Irgend jemand muß uns doch hören.“

„Wollen Sie Ihr Leben darauf verwetten?“ fragte Moore spöttisch. „Jeden Tropfen Treibstoff, den das Funkgerät verbraucht, ist Treibstoff, den wir brauchen, um die Nacht zu überstehen. Ich möchte nicht hier sitzen und beten, daß jemand unseren Notruf gehört hat, wenn um zwei Uhr morgens der Tank leer ist. Und der Generator aufgibt. Und das Licht ausgeht. Wollen Sie das?“

„Was sollen wir also tun?“ fragte Scully ratlos in die Runde.

„Fragen Sie doch Ihren Partner“, sagte Moore kalt. „Er hat doch immer die brillanten Antworten parat.“

Ihre Augen richteten sich auf Mulder.

„Was immer wir noch schaffen“, sagte er fest. „Bevor es dunkel wird.“

13

„Wir müssen anfangen, die Planwagen im Kreis aufzustellen“, erklärte Mulder. „Wir müssen aus der Hütte eine Festung machen.“

„Um sie gegen was zu verteidigen?“ Scully rieb ihre Hände, als fröre sie.

„Gegen die Nacht“, antwortete Mulder. „Gegen das, was da draußen in der Dunkelheit auf uns wartet – was es auch sein mag.“

„Ich wünschte wirklich, wir wüßten endlich genau, was es ist“, seufzte Moore. „So ist es . . . wie ein Kampf mit verbundenen Augen.“

„Niemand hat je behauptet, daß es einfach werden würde.“ Mulders Schwung war ungebrochen. „Na los, finden wir heraus, was für Waffen wir zur Verfügung haben. Wir können uns hier im Lager umschauen. Eins muß man ja zugunsten der westlichen Zivilisation sagen: Sie produziert eine Menge nützlichen Kram. Irgendwas davon können wir bestimmt recyceln.“

Es war Scully, die entdeckte, was sie brauchten. Auf der Müllhalde des Lagers fand sie einen Stapel dreckiger Plastikplanen, wahrscheinlich die Verpackungen von irgendwelchen Holzfällergeräten.

„Wundervoll“, sagte Mulder. „Wir können es uns richtig schön kuschelig und gemütlich machen, wie die Maden im Speck . . . Nur daß im Augenblick lieber niemand von Maden oder anderen Insekten sprechen sollte.“

Sie trugen die Planen in die Hütte, wo sie auch Hämmer und Nägel fanden. Sie nagelten die Planen über den Fußboden, die Wände und die Decken.

„Achten Sie darauf, keine Risse oder Löcher freizulassen, es darf nicht mehr die kleinste Lücke geben“, warnte Mulder.

„Sieht so aus, als ob wir unseren kleinen Freunden die Arbeit abnehmen“, bemerkte Scully leicht sarkastisch, als sie eine Plane über ein Fenster nagelte. „Wir bauen uns selbst einen Kokon und befinden uns schon servierfertig mittendrin.“

„Das ist immer das Problem bei Verteidigungsanlagen“, murmelte Mulder. „Man will sich möglichst gut schützen, kann sich dabei aber leicht selbst zum Gefangenen machen.“

„Eine Sache müssen wir noch überprüfen“, sagte Scully. Die einzige Glühbirne in der Hütte hing an einem langen Kabel von der Decke herab, so daß man sie leicht erreichen konnte. Sie begann, die Birne aus ihrer Fassung herauszudrehen.

„Seien Sie bloß vorsichtig“, ermahnte sie Moore. „Das ist unsere einzige Birne. Die Sägewerkgesellschaft scheint bei diesem Lager an allen Ecken und Enden gespart zu haben.“

Scully nickte. Sie hielt die Glühbirne so vorsichtig, als sei sie ein Ei mit sehr dünner Schale.

„Kennen Sie diese neuartigen Glühbirnen? Die man nur alle sieben Jahre auswechseln muß?“ fragte sie.

„Kenne ich“, bejahte Moore.

„Also, diese hier ist keine davon . . . Sie hat noch nicht mal einen Markennamen. Ich glaube, der Glühfaden macht es nicht mehr lange . . . aber ich hoffe, ich habe Unrecht.“

„Das werden wir ja bald sehen“, sagte Mulder tonlos, als Scully die Birne wieder in die Fassung schraubte. „Die Sonne geht unter.“

„Ich gehe den Generator anschalten“, sagte Moore.

„Sie sollten sich beeilen“, drängelte Mulder. „Sie dürfen nicht mehr draußen sein, wenn es dunkel wird.“

„Ja, das sehe ich auch so“, bestätigte Moore eilig und war schon zur Tür hinaus.

Nach knapp drei Minuten war er wieder zurück – er mußte den ganzen Weg gerannt sein. Schweratmend nagelte er noch die letzte Plastikplane über die Tür.

„Die Stunde der Wahrheit“, bemerkte Mulder und drückte auf den Lichtschalter.

Niemand wagte zu atmen, bis das Licht anging.

Mulder schaute auf die Uhr. „Sonnenaufgang ist in etwa zehn Stunden.“

„Mit den Planen und dem Licht zusammen müßten wir es eigentlich schaffen“, versuchte Moore sich selbst zu beruhigen.

„Kein Problem“, meinte auch Mulder. „Falls nicht . . .“

„Falls was nicht?“ fragte Scully nach.

„Man weiß nie, was noch passiert“, sagte Mulder undurchsichtig.

Er legte sich auf eins der Feldbetten. Moore und Scully taten es ihm nach.

„Komisch, ich dachte immer, ich hasse Fernsehen“, murmelte Scully. „Im Moment hätte ich gegen die Glotze nichts einzuwenden.“

„Wäre bestimmt besser, als diese Glühbirne anzustarren“, stimmte Moore ihr zu.

„Und auch besser als dem Generator zu lauschen“, schloß Mulder sich an. Man konnte den Generator in der Ferne brummen hören. „Bilde ich mir das jetzt nur ein, oder wird der Ton mal höher und mal tiefer?“

„Ich hab getan, was ich konnte, um ihn in Gang zu kriegen“, verteidigte sich Moore. „Aber so richtig geschmiert läuft er nicht. Wir können nur beten, daß er durchhält.“

„Wir müssen gar nicht darauf hören, um zu wissen, wie er läuft.“ Scullys Blick hing an der Decke. „Es reicht schon, wenn wir die Glühbirne beobachten. Sie flackert. Ich muß immer hinsehen und fühle mich schon wie in der Achterbahn.“

„Versuchen Sie, etwas zu schlafen.“ Mulder wollte die Situation entspannen.

„Leichter gesagt als getan“. Scully fühlte, wie sich ihr der Magen umdrehte, als die Glühbirne dunkler wurde. Sie wurde langsam wieder heller, und ihr Magen entknotete sich.

Sie entschied sich, Mulders Rat zu befolgen und schloß die Augen. Doch sie öffnete sie schnell wieder – Dunkelheit war jetzt das letzte, was sie sehen wollte.

Sie drehte sich auf den Bauch, weg von der Glühbirne. Sie konzentrierte ihren Blick auf eine der Planen, die die Wand bedeckten . . . Sie richtete sich mit einem Ruck auf und stieß dabei beinah mit dem Kopf an das Bett über ihr.

Sie versuchte, die Panik in ihrer Stimme zu kontrollieren: „Ich kann sie sehen, da hinter der Plastikplane. Sehen Sie nur!“

Sie stand auf und ging zur Plane vor. Durch das schmutzige Plastik schimmerten winzige grüne Punkte. Hunderte davon.

„Sie kommen durch die Wände.“ Scully konnte nicht einfach zusehen und abwarten.

„Da unten am Boden. Wo kein Licht mehr hinkommt. Ich muß mir das genauer anschauen.“

Sie drückte beide Hände gegen die Plane und glättete die Falten.

„Aaaaah!“ Sie schrie auf.

Die glühenden Punkte waren auf ihrem Arm und krochen darauf herum.

„Sie sind auf mir!“ Ihre Stimme überschlug sich. „Helfen Sie mir!“

Sie sprang zurück und fuchtelte wild mit den Armen.

„Passen Sie auf!“ rief Moore, als sie mit der Hand die Glühbirne traf.

Sie flog unkontrolliert schwingend durch die Luft.

Moore riß sie fast zu Boden, als er danach hechtete. Er fing sie sanft auf und hielt sie fest.

Mittlerweile hielt Mulder Scully im Arm. Er spürte, wie sie heftig zitterte. Sie war völlig außer Kontrolle.

„Scully“, sagte er eindringlich. „Es ist alles in Ordnung. Es ist in Ordnung.“

„Helfen Sie mir!“ flehte sie.

„Es ist vorbei, Schluß jetzt!“ befahl Mulder. „Beruhigen Sie sich, es ist ja gut.“

Scully zwang sich, ihm zu gehorchen. Sie stand mit geballten Fäusten da, ihre Arme hielt sie steif von sich gestreckt. Ihr Herz hämmerte. Sie hielt die Augen geschlossen – und konnte sich nicht überwinden, sie zu öffnen.

„Wo sind sie, Mulder?“ fragte sie zitternd. „Können Sie sie sehen?“

„Sie sind nicht nur auf Ihnen, Scully.“ Mulder blieb trotz allem ruhig. „Sie sind überall. Sie kommen aus dem schleimigen Schmierfilm, der hier alles überzieht. Ich glaube, sie sind auf Ihre Arme gekrochen, weil Sie im Schatten standen.“

„Ich dachte, wir wären hier drin in Sicherheit“, sagte Scully leise. Sie schüttelte ihre Arme noch einmal, um sicherzugehen, daß keine Käfer mehr darauf waren. Es waren keine mehr da . . . Zumindest sah man keine mehr . . . und sie wurde nicht gebissen.

„Es sieht gar nicht so schlecht aus für uns“, beruhigte Mulder sie. „Wenn es nur wenige sind, scheinen sie harmlos zu sein. Und es sieht so aus, als ob das Licht sie vom Schwärmen abhielte.“

Er schaute zum Fenster. „Ich möchte mir lieber nicht vorstellen, wie viele davon zusammenkommen müssen, um einen Mann zu verschlingen. Wie viele es wohl sein könnten, die noch da draußen herumschwirren und den Himmel füllen und alle Bäume bedecken – und immer hungriger werden.“

„Hoffen wir bloß, daß diese Dinger auch in Taiwan solide hergestellt werden.“ Moore hielt immer noch die Glühbirne in der Hand. „Bis zur Dämmerung ist es noch eine lange Zeit. Eine verdammt lange Zeit.“

14

Scully versuchte nicht einmal, sich schlafen zu legen. Sie zitterte viel zu sehr. Sie wußte, daß es nur einen Weg gab, wie sie sich wieder beruhigen konnte.

Sie mußte sich an die Arbeit machen. Sie lag auf dem Bett und dachte über diesen Fall nach.

Plötzlich kam ihr ein Gedanke.

Sie stand auf und ging zu ihrem Rucksack. Sie nahm ein Glas heraus und stellte es auf den Tisch.

„Dachte ich's mir doch", murmelte sie.

Sie wandte sich zu den anderen um: „Kommen Sie, sehen Sie sich das mal an."

Mulder und Moore gingen zu ihr. Sie besahen sich die glühenden grünen Punkte in dem Glas genau. Es waren etwa zwölf, und sie flogen wild und schnell umher, als versuchten sie zu entkommen.

„Die habe ich im Wald von dem Kokon genommen", erklärte Scully. „Sie sind scheinbar wie Glühwürmchen. Wenn das stimmt, rührt das Licht, das sie abgeben, von den Abfallprodukten ihrer Körper. Wenn diese Abfallprodukte auf Luft treffen, entsteht ein glühender Schimmer. In diesem Fall ein grüner Schimmer."

„Richtig", bestätigte Moore nickend. „Eine chemische Reaktion, die von sofortiger Oxidation herrührt."

„Außer daß dieses hier keine Glühwürmchen sind", wandte Mulder ein und äugte angestrengt in das Glas.

„Glühwürmchen sehen nicht aus wie winzige Spinnen. Glühwürmchen bauen keine Kokons, und Glühwürmchen saugen niemanden bis auf die Knochen aus."

„So müssen sie ihre Kokons herstellen", überlegte Scully. „Wenn sie gefressen haben, müssen sie die Abfallstoffe loswerden. Die vermischen sich mit ihren eigenen Körpersäften, und sie pressen sie nach außen. Sobald das Gemisch dann an die Luft tritt, beginnt es zu glühen und verwandelt sich anschließend in Stränge aus schmierigen grauen Fasern."

„Von dem Kokon her zu urteilen, den wir gesehen haben, sind es hungrige kleine Biester", sagte Moore. „Sie müssen ihre Beute bis auf den letzten Tropfen aussaugen."

„Sie wären wahrscheinlich auch hungrig", bemerkte Mulder düster, „wenn Sie seit Jahrhunderten nichts mehr zu essen bekommen hätten."

„Sie wollen die verlorene Zeit jetzt wieder aufholen", überlegte Moore.

„Ich frage mich, wie viele es von ihnen gibt", schaltete Scully sich wieder ein.

„Kann man nicht sagen." Mulder schüttelte nachdenklich den Kopf. „Aber ich schätze, ein paar Millionen. So viele müssen schon existieren, um mit 30 Holzfällern fertig zu werden. Nur, das Schlimmste kommt erst noch."

„Und was ist das Schlimmste?" fragte Scully alarmiert.

„Ich glaube, sie vermehren sich rasend schnell", sagte Mulder. „Je mehr sie zu fressen bekommen, desto schneller pflanzen sie sich fort. Als sie dreißig Holzfäller auf einmal fanden, landeten sie einen echten Haupttreffer. Ein solches Festessen muß eine regelrechte Bevölkerungsexplosion hervorgerufen haben. So ist das bei Insekten – deshalb gibt es so viel mehr von ihnen als von uns."

„Aber es gab noch nie eine Insektenart, die Menschen gefressen hat." Scully trommelte mit den Fingern auf den Tisch.

„Einmal ist immer das erste Mal", erwiderte Mulder lakonisch.

„Und diesmal könnte es das Ende des menschlichen Lebens bedeuten", sagte Scully wütend. „Es gab schon andere Arten, die mit der Zeit ausgestorben sind: die Dinosaurier, die Mastodons. Warum, weiß immer noch niemand so genau. Aber wir wissen, daß es Vulkanausbrüche gab, die das Gleichgewicht der Erde störten. Die hätten eine solche Seuche, wie wir sie jetzt haben, jederzeit heraufbeschwören können. Vielleicht ist jetzt für *uns* die Zeit gekommen, zu Opfern zu werden."

„Wir wissen auch, daß Meteore aus dem Weltraum auf die Erde geprallt sind." Mulder konnte sich die Bemerkung nicht verkneifen. „Sie hätten ebensogut tödliche Lebensformen mit sich bringen können."

„Egal, woher sie kommen", entschied Scully. „Diese Insekten sind eine massive Bedrohung für die Menschheit."

„Jedenfalls sind sie ein massive Bedrohung unserer Leben hier, soviel ist klar", beendete Moore die Diskussion. In diesem Moment begann das elektrische Licht zu flackern. In der Ferne hörten sie das Brummen des Generators aussetzen.

„O Gott", flehte Scully mit geballten Fäusten. Kalter Schweiß lief ihr übers Gesicht. Sie konnte das Bild der ausschwärmenden Käfer nicht abschütteln. Grünglühende

Käfer, die gegen sie ausschwärmen und sie bei lebendigem Leib fressen würden.

Dann wurde das Licht wieder ruhiger, und auch der Brummton des Generators klang wieder regelmäßig durch die Nacht.

Scully wischte sich den Schweiß vom Gesicht.

„Vielleicht können wir diese Nacht doch noch überstehen", sagte Mulder mit mehr Hoffnung, als er in Wirklichkeit hatte.

„Ja, vielleicht . . ." Moore blickte skeptisch zur Glühbirne.

„Aber was dann?" Scully mußte diese Frage endlich stellen. „Zu Fuß braucht man länger als einen Tag, um aus diesem Wald herauszukommen. Wir würden es niemals vor Einbruch der Dunkelheit schaffen. Inzwischen müssen diese hungrigen Biester schon den ganzen Wald beherrschen . . . Wenn sie uns im Dunkeln finden, sind wir tot."

„Vielleicht hat jemand unseren Funkruf gehört", hielt Mulder dagegen. „Es könnte schon Hilfe unterwegs sein."

„Sie haben diesen Ruf schon vor Stunden rausgeschickt." Scully resignierte mehr und mehr. „Es müßte längst jemand hier sein!"

„Das stimmt." Auch Moore ließ den Kopf hängen. „Die Forstverwaltung besitzt Hubschrauber, genau wie die Sägewerksgesellschaft."

„Also, ich habe Spinney noch nicht aufgegeben", beharrte Mulder. „Er hat mir versprochen, er würde zurückkommen und uns holen."

„Spinney hat viel Talent zum Schönreden", entgegnete Moore bitter. „Aber was er dann tut, ist eine ganz andere Sache. Ich spiele schon seit Jahren mit ihm Verstecken. Ich habe all die glatten Ausführungen in seinen Pamphleten gelesen. Ich habe aber auch all den Schaden gesehen, den er skrupellos angerichtet hat. Ich jedenfalls glaube nichts von dem, was er sagt. Und mit Sicherheit setze ich dafür nicht mein Leben aufs Spiel."

„Moore hat recht", sagte Scully. „Spinney ist wirklich nicht gerade ein Pfadfinder. Auf sein Wort können wir uns nicht verlassen. Wir müssen uns überlegen, was wir tun sollen, falls er nicht kommt."

„Und allzu lange können wir nicht mehr darauf warten, daß er es doch noch tut", hieb Moore in dieselbe Kerbe. „Jede Sekunde Tageslicht ist Gold wert."

„Also, was schlagen Sie vor?" Scully sah Mulder ins Gesicht.

„Keine Sorge", wich er aus. „Uns wird schon etwas einfallen."

„Und wann?" wollte Scully wissen.

„Wenn es soweit ist", erwiderte Mulder unbestimmt.

Moore sah auf die Uhr: „Es ist ziemlich bald soweit."

„Und die Käfer werden immer hungriger", ergänzte Scully.

„Bis zur Morgendämmerung dauert es noch Stunden", gähnte Mulder. „Ich weiß nicht, was Sie tun wollen, aber ich lege mich noch etwas aufs Ohr."

„Sie haben recht." Moore besann sich auf das Nächstliegende. „Wir müssen einen klaren Kopf bewahren. Morgen früh haben wir wichtige Entscheidungen zu treffen."

„Falls wir morgen früh noch am Leben sind", murmelte Scully düster.

„Na dann, süße Träume“, wünschte Mulder und legte sich auf sein Bett.

„Könnte wirklich welche gebrauchen“, brummte Moore, der es ihm nachtat.

Scully legte sich in ihre Koje, aber sie schloß die Augen nicht. Mulder konnte sich so cool gebärden, wie er wollte – sie zitterte vor Angst. Sie hatte das Gefühl, nie wieder schlafen zu können.

Sie starrte die Glühbirne an. Immer wieder sagte sie sich: solange das Licht brennt, bin ich in Sicherheit. Es kam ihr vor, als treibe sie auf einem nachtdunklen See dahin.

Sie versuchte, sich zu entspannen. Sie versuchte, nicht an die Käfer zu denken, nicht an den Kokon, die widerlich verschrumpelte Leiche.

Dann wurde es dunkel um sie herum.

Sie öffnete den Mund, wollte schreien.

Da erst begriff sie, daß ihr die Augen zugefallen waren. Sie war eingeschlafen.

Sie öffnete die Augen und sah, daß das Licht immer noch brannte, auch wenn es fast nur noch ein Glimmen war.

Doch ein helleres Licht brach bereits durch die schmutzigen Plastikplanen am Fenster.

Die Morgendämmerung war gekommen.

Sie hatten überlebt.

15

Eine Stunde später war es immer noch grau und dämmrig.

Der Wald war in dichten Morgennebel gehüllt, und es würde noch eine weitere Stunde dauern, bis die Sonne ihn auflöste.

Moore wollte nicht darauf warten. Er sah auf die Uhr. „Das war's. Spinney kommt nicht. Wir sind ganz auf uns allein gestellt."

Mit dem Tageslicht war auch seine Angriffslust wieder erwacht. Er wandte sich an Mulder: „Das ist alles Ihre Schuld, Mr. FBI. Jetzt lassen Sie sich mal was Intelligentes einfallen, uns hier wieder rauszuholen."

„Ich habe nachgedacht", erklärte Mulder.

„Ach was!" Moores Augen blitzten sarkastisch.

„Ich möchte mir diesen Laster noch einmal ansehen", fuhr Mulder ruhig fort. „Den, aus dem Spinney die Batterie genommen hat."

„Wozu die Mühe?" fragte Moore aufgebracht. „Er ist ein Wrack. Zucker in allen Benzinleitungen. Batterie weg. Reifen aufgeschlitzt."

„Schauen wir ihn uns einfach noch einmal an", wiederholte Mulder.

Er ging auf den Lastwagen zu, und Moore und Scully folgten ihm. Er umrundete ihn, kniete sich neben jedes Rad, untersuchte alle Reifen.

„Dieses hier ist noch am besten erhalten", sagte er und zeigte auf das rechte Vorderrad. „Es ist praktisch wie neu.

Kaum abgefahren, und das Loch ist gar nicht schlimm. Der Schlauch ist nur angeritzt."

„Ja", spöttelte Moore. „Der Saboteur muß von der faulen Sorte gewesen sein. Oder vielleicht waren ihm schon die Arme lahm geworden, als er bei diesem Rad anlangte."

„Haben Sie Reifenflickzeug in Ihrem Wagen?" erkundigte sich Mulder. Er ließ sich nicht aus der Ruhe bringen.

„Ja", antwortete Moore. „Es ist noch alles da. Unberührt. Hatte ja keinen Zweck, es rauszuholen . . . Die Reifen des Wagens sind komplett hinüber. Die Fangeisen haben ihnen den Rest gegeben."

„Aber für *diesen* Reifen hier wäre es noch sinnvoll", erklärte Mulder geduldig. „Einen Ihrer kaputten Reifen könnten wir durch diesen ersetzen und den anderen durch das Ersatzrad. Das wird nicht sehr stabil sein. Aber vielleicht schafft der Wagen es noch, damit aus dem Wald zu holpern und uns in Sicherheit zu bringen, bevor es dunkel wird."

„He, das könnte gehen", rief Scully.

„Und falls nicht", sagte Mulder mit grimmigem Lächeln, „können wir immer noch das Funkgerät im Wagen benutzen. Wenigstens die Leute davor warnen, was hier los ist . . . sie vor dem gleichen Schicksal wie unserem bewahren."

„Ja, das ist gut." Scully nickte düster. „Sie sollen nicht die nächste Mahlzeit der Käfer werden."

„Jedenfalls besser, als hier zu warten", mußte Moore zugeben. „Der Generator hält auf keinen Fall noch eine Nacht durch."

„Dann mal los", drängte Mulder. „Ich meine, erstmal den Reifen hier abmontieren. Wir können dann quer durch den

Wald laufen, das geht sehr viel schneller, als dem kurvigen Weg zum Wagen zu folgen.“

„Wir müssen uns beeilen.“ Moore war jetzt vollends auf Mulders Seite. „Wir haben keine Zeit zu verlieren.“

Mulder ging zur Fahrerkabine und kam mit einem großen Schraubenschlüssel und einem Wagenheber zurück.

In zwei Minuten war das Rad vom Lastwagen abgeschraubt. Mulder rollte es vor sich her, als er durch den Nebel trabte.

„Brrr“, schüttelte sich Scully im Laufen, „hier sieht es aus wie in einer Spuklandschaft.“

Um sie herum türmten sich die Bäume bedrohlich wie schwarze Riesen auf. Der Nebel verhüllte den Weg vor ihnen, aber während sie weiterliefen, begann er sich zu lichten.

Als Moore den Reifen übernahm, war die Sonne durchgekommen. Mittlerweile waren sie aus dem vollen Lauf in einen etwas langsameren Schritt verfallen.

„Ich wünschte, wir müßten uns nicht so beeilen“, atmete Scully durch. „Dieser Wald ist so schön, man könnte sich hier richtig seines Lebens freuen. Hier einfach nur einen Spaziergang zu machen, wäre . . .“ Sie hielt inne. „Wenn unsere kleinen Freunde wieder verschwunden sind. Falls sie jemals verschwinden.“

Sie warf den großen alten Bäumen bewundernde Blicke zu. Durch das tiefe Grün der Kiefernadeln war ein Stück strahlend blauer Himmel zu sehen.

„Es ist das Gelobte Land,“ stimmte Moore zu. „Ich habe es schon als Kind geliebt. Ich kann mir nichts Schöneres vorstellen, als dafür zu sorgen, daß meine Kinder in ihm aufwachsen und es ebenfalls lieben können. Ich wollte schon immer nur bei der Forstverwaltung arbeiten. Allein für einen monatlichen Scheck meinen Job zu machen, wäre mir zu wenig."

„Interessant, daß ausgerechnet Sie das sagen," bemerkte Scully. „Jetzt hören Sie sich an, als stünden Sie auf Spinneys Seite. Sie wissen schon, ‚Rettet den Wald' und so weiter. Aber eigentlich ist Humphreys doch Ihr Freund, und nicht Spinney."

Dann rief sie beinah übermütig: „He, ich bin dran mit dem Reifen."

Moore übergab ihn ihr mit einem eleganten Schwung.

„Humphreys und ich stehen auf derselben Seite des Gesetzes", nahm er nach einiger Zeit den Faden wieder auf. „Spinney möchte seine eigenen Gesetze machen. Das ist ganz und gar nicht die Art, wie wir die Dinge hier bei uns handhaben."

„Laufen wir wieder ein Stück", schlug Scully vor. „Der Weg ist hier breit genug. Wir haben alle nebeneinander Platz."

„Ich bin dabei!" Moore machte leichte Lockerungsübungen. „Wir haben noch ein ganzes Stück vor uns. Es wird knapp werden."

„Sieht doch gar nicht so schlecht aus", widersprach Mulder, als er auf die Uhr sah. „Am späten Nachmittag müßten wir beim Wagen angekommen sein. Und wenn dann nichts Unvorhergesehenes mehr dazwischen kommt . . ." Er schwieg einen Augenblick und fuhr dann fort: „Na ja, das Problem können wir immer noch lösen, wenn es sich uns stellt."

Sie begannen wieder zu laufen, und Scully fragte Moore: „Glauben Sie denn immer noch, daß Spinney hier der einzige ist, der das Gesetz nicht achtet? Ich hatte eher den Eindruck, daß Humphreys auch nicht gerade ein Unschuldsengel ist."

„Ich möchte das nicht gern glauben müssen", antwortete Moore. „Ich kenne Steve schon seit Jahren. Wir spielen Golf und Tennis miteinander und veranstalten Grillparties mit unseren Familien. Ich dachte immer, ich könnte ihm vertrauen wie meinem eigenen Bruder."

„Das ist ja das Problem, wenn man das Gesetz repräsentiert", schaltete sich Mulder ein. „Man kann es sich einfach nicht leisten, sich mit jemandem zu sehr anzufreunden. Jedenfalls mit niemandem, den man vielleicht einmal schnappen muß."

„Traurig, aber wahr." Scully nickte im Takt ihrer Schritte. „Unser Beruf trennt uns von den Menschen. Wir können niemandem trauen, außer denen, mit denen wir zusammenarbeiten. Man kann dabei ganz schön einsam werden ... Man muß schon an seine Arbeit glauben, um das durchzuhalten."

„Man muß wirklich sehr daran hängen", keuchte Mulder zustimmend.

„... und daran *glauben.* Genau wie Mulder es tut." Scully warf ihm einen Seitenblick zu. „Hab' ich recht, Partner?"

Sie grinsten sich kurz an. Sie liebten diesen intimen Scherz – auch als Zeichen ihres geheimen Einverständnisses.

Moore blieb ernst. Er wischte sich den Schweiß aus den Augen. Es wurde immer heißer, je höher die Sonne stieg, und ihre unerbittlichen Strahlen blitzten blendend zwischen den Baumwipfeln hervor.

„Ich nehme an, unsere persönliche Freundschaft hat mein Urteilsvermögen beeinflußt“, gab er zu. „Vielleicht habe ich tatsächlich nicht alles bemerkt, was ich hätte merken sollen. Vielleicht habe ich absichtlich nicht allzu genau hingesehen. Wenn ich ihn wiedersehe, werde ich ihn zur Rede stellen, Kumpel hin oder her.“

Scully blieb abrupt stehen.

„Erschöpft?“ fragte Moore.

„Wir können eine Rast einlegen“, schlug Mulder vor.

„Nein, das ist es nicht . . .“ Scullys heitere Stimmung war verflogen. „Mir ist nur gerade eingefallen, daß Humphreys vorhatte, zum Wagen zu gehen, als er sich von uns trennte. Wenn er nun einfach auf den nackten Felgen aus dem Wald gefahren ist? Wenn uns nun nichts mehr erwartet . . . nichts außer den Käfern?“

„Daran habe ich auch schon gedacht“, gestand Mulder. „Aber ich fand es sinnvoller, Sie damit nicht zu beunruhigen. Wären wir im Lager geblieben, wären unsere Überlebenschancen gleich Null gewesen. So haben wir wenigstens eine Chance.“

Scully fragte nicht mehr, wie gut diese Chance stünde. Mulder hatte es klar genug gesagt. Es war besser als nichts. So einfach war das.

„Also los“, drängte sie und fing an, den Reifen wieder in Bewegung zu setzen. „Wer zuletzt am Wagen ist, ist ein faules Ei.“

Sie waren jetzt still geworden. Schweigend verfielen sie in einen langsameren Schritt, wenn der Weg enger wurde, und ohne ein Wort wechselten sie sich mit dem Rollen des Rades ab. Sie hatten sich im Moment nichts mehr zu sagen. Sie waren zu sehr mit ihren eigenen Gedanken beschäftigt. Und die kreisten um ein- und dasselbe . . .

Am späten Nachmittag erreichten sie die Straße.

Scully faßte die allgemeine Erleichterung in Worte.

„Gott sei Dank . . . da drüben steht der Wagen. Er ist noch da.“

16

Komisch, wie schnell das Blatt sich wenden kann, dachte Scully. So schnell wie ein Teppich, der einem unter den Füßen weggezogen wird. Im ersten Moment war sie überglücklich, den Wagen zu entdecken – und schon im nächsten traf sie die Wahrheit wie ein Schlag ins Gesicht.

„Der Wagen", sagte sie tonlos. „Jemand hat ihn gegen einen Baum gefahren."

Moore hatte es schon gesehen. Er sprang als erster darauf zu und erreichte ihn weit vor den anderen beiden. Er sah in die Fahrerkabine.

Er drehte sich zu den beiden anderen um und warnte Scully: „Schauen Sie lieber nicht da rein."

„Keine Sorge. Ich bin es gewöhnt . . .", begann sie.

Weiter kam sie nicht.

Ihr Kiefer klappte nach unten weg, ihre Augen weiteten sich vor Entsetzen.

Sie konnte Humphreys' Gesicht erkennen, das sich an die Fensterscheibe preßte. Zumindest einen Teil seines Gesichts. Einen Teil eines Gesichts, das in fürchterlichem Schmerz zu einer Grimasse des Todes verzerrt war.

Der Rest seines Gesichts, seines Kopfes, seines ganzen Körpers, war in einen schmutziggrauen Kokon eingesponnen. Der Kokon füllte das ganze Auto aus.

Scully wandte sich ab. Sie wollte nicht, daß die anderen sahen, wie ihr Gesicht aschfahl wurde. Sie war stolz darauf, eine Agentin zu sein, die stets die Ruhe bewahrte.

Doch Moore und Mulder waren selbst von Entsetzen erfüllt. Leichte Übelkeit stieg ihnen in die Kehle.

Mulder faßte sich als erster.

„Humphreys hat einen guten Versuch gemacht – hat leider nichts gebracht . . .“

„Der arme Kerl“, sagte Moore traurig. „Er war ein guter Mensch, vielleicht ein bißchen zu loyal gegenüber seiner Firma. Was er auch getan haben mag, eine Strafe wie diese hat er nicht verdient.“

„Niemand hat das verdient.“ Mulder schüttelte den Kopf. „Aber wenn man sich mit der Natur anlegt, hilft keine Gerechtigkeit der Welt mehr. In diesem Fall wird jeder bestraft.“

„Sehr richtig, jeder“, wiederholte Scully unruhig. Zwar drehte sich ihr nicht mehr der Magen um, aber sie fühlte sich alles andere als gut. Besonders, wenn sie nach Westen sah.

„Die Sonne geht hier sehr früh unter . . .“

In weiter Ferne sah man die Sonne gerade über dem Gipfel der Berge stehen.

„Ich schätze, das war's jetzt.“ Sie ließ die Schultern hängen.

Moore nickte. „Wir können nirgendwo hin.“

„Und uns nirgendwo mehr verschanzen“, fügte Mulder hinzu.

Scullys Züge erhellten sich kurz. „Vielleicht können wir uns in den Wagen flüchten . . .“

Aber bevor noch jemand antworten konnte, schüttelte sie schon den Kopf. „Dumme Idee. Im Wagen wimmelt es nur so von Käfern. Sie werden aufwachen und auf der Suche nach ihrem Abendessen ausschwärmen, sobald es dunkel ist."

„Ich habe eine Taschenlampe im Wagen", meinte Moore wenig überzeugt. „Vielleicht hilft die uns etwas."

Diesmal mußte Mulder den Kopf schütteln.

„Das sollten wir gar nicht erst versuchen", lehnte er den Vorschlag ab. „Das gäbe ihnen viel zu viel Schatten, und wir wären im Handumdrehen auf winzigem Raum gefangen. Es würde uns genau wie Humphreys gehen ... Wir sollten lieber versuchen, uns ohne einen solchen Käfig durchzuschlagen."

„Ist vermutlich ohnehin egal," sagte Scully gepreßt. Sie war den Tränen nahe. „Das Ergebnis wird am Ende genau das gleiche sein. Uns kann nur noch ein Wunder retten."

Niemand widersprach.

Sie standen schweigend da und starrten in die untergehende Sonne.

Dann hörten sie in weiter Ferne ein Geräusch.

Ein wundervolles Geräusch.

Es kam aus Richtung der Straße, von den Bergen her.

Das Geräusch wurde lauter.

„Ein Auto!" rief Moore. „Aber wer ..."

„Ich glaube, ich weiß wer", lächelte Mulder erleichtert, „und ich denke, das ist ein Jeep."

Ein paar Minuten später sahen sie den Jeep auf sich zukommen. Spinney saß am Steuer.

Er fuhr immer noch mit Höchstgeschwindigkeit und vollführte kurz vor ihnen eine quietschende Vollbremsung.

Er verlor keine unnötigen Worte.

„Schnell, wir müssen hier weg“, rief er. „Ich habe schon genug Zeit vergeudet, als ich euch im Lager gesucht habe. Springt schnell rein.“

„Aber hier liegt noch eine Leiche“, protestierte Moore. „Humphreys’ Leiche.“ Er ging auf seinen Wagen zu. „Wir können ihn doch nicht einfach hier lassen. Er hat Frau und Kinder, die müssen ihn doch anständig begraben dürfen.“

„Wenn wir nicht auf der Stelle losfahren, werden wir selbst ein anständiges Begräbnis brauchen“, drängte Spinney ungeduldig.

Dann sah er den Schmerz in Moores Augen. Humphreys und Moore waren Freunde gewesen. Er sah zum Wagen hin – es war völlig klar, was mit Humphreys geschehen war. Spinney hatte gesehen, wie dasselbe seinem Freund zugestoßen war.

„Machen Sie sich um ihn keine Sorgen“, sagte er mit sanfterer Stimme. „Ich habe ein Funkgerät bei uns im Lager und habe einen Notruf rausgeschickt. Es wird mit Sicherheit jemand kommen und Humphreys holen. Ich hoffe für seine Familie nur, daß der Sarg geschlossen bleibt.“

Moore nickte. Er schaute noch einmal zu seinem Wagen und holte dann seine Ausrüstung. Er und die anderen warfen ihre Sachen in den Jeep. Dann setzte sich Moore auf den Beifahrersitz, während Scully und Mulder hinten einstiegen.

Die Türen waren gerade erst geschlossen, als Spinney das Gaspedal schon bis zum Anschlag durchtrat.

Der Jeep fegte über die holprige Straße und bockte dabei wie ein ungezähmtes Pferd. Mulder konnte nur mit Mühe den heulenden Motor übertönen, als er Spinney eine Frage zurief. „Haben Sie Ihre Freunde gefunden?“

Spinney hielt die Augen auf die Straße gerichtet und gab weiter Gas. „Ja, ich habe sie gefunden . . . Sie haben's nicht geschafft! Aber bei Gott, *wir* werden es schaffen!"

Scully sah, wie der Wald vorübersauste. Er lag bereits in die hereinbrechende Dämmerung gehüllt – die langen Schatten der Bäume säumten die Straße. Der untere Rand der blutroten Sonne sank mit bedrohlicher Geschwindigkeit hinter die nachtschwarzen Berge.

Sie sah, daß Spinney die Scheinwerfer angestellt hatte, und öffnete den Mund, um ihn zu fragen, ob sie es schaffen würden.

Doch sie schloß ihre Lippen wieder. Diese Frage hatte keinen Sinn . . . sie würden es früh genug erleben.

Plötzlich gab es einen lauten Knall, der den Motor übertönte.

Der Jeep tat einen Sprung.

Er schwankte wild hin und her.

„Oh nein, das darf doch nicht wahr sein", stöhnte Spinney.

Er kämpfte mit dem Steuer und versuchte verzweifelt, den Jeep auf der Straße zu halten.

Der Wagen wurde ruhiger, dann langsamer, als er ihn herunterbremste.

Er stieg aus und nahm die Taschenlampe mit – mittlerweile brauchte er sie. Nur noch ganz im Westen war ein schwacher rötlicher Schimmer zu sehen, sonst war die Nacht überall auf ihrem Siegeszug.

Spinney leuchtete mit der Taschenlampe auf das rechte Vorderrad. Langsam schüttelte er den Kopf.

Mulder sagte hinten zu Scully: „Hundert zu eins, daß der Reifen zerfetzt ist".

„Tausend zu eins, daß ich weiß, was dafür verantwortlich ist“, erwiderte Scully.

„Der beste Freund des Saboteurs“, knurrte Mulder. „Ein Fangeisen.“

Sie konnten hören, wie Spinney draußen murmelte: „Hab ich völlig vergessen.“

„Klarer Fall von Eigentor“, kommentierte Moore mit absurder Genugtuung.

Dann sagte er: „Das muß ich sehen, und wenn es das letzte ist, was ich jemals tue. Ich will Spinney Staub fressen sehen.“

Er öffnete die Tür des Jeeps und ging in die Nacht hinaus.

„Nein!“ schrie Mulder, so laut er konnte. „Kommen Sie wieder rein! Machen Sie die Tür zu!“

Verwirrt blieb Moore stehen.

„Kommen Sie wieder rein!“ schrie Mulder noch einmal.

„Bitte!“ Scullys Stimme war schrill vor Angst.

„Was . . .?“ begann Moore – und japste nach Luft wie ein Fisch auf dem Trockenen.

Er hörte Spinney schreien. Er drehte sich um und sah, was Mulder und Scully gesehen hatten.

Spinney war in blendend helles, grünes Licht gehüllt.

Die Käfer hatten ihr Fressen gewittert.

Sie waren ausgeschwärmt.

Und hatten ihr Ziel gefunden.

Moore stand starr vor Schreck.

Mulder reagierte blitzschnell.

Er riß die Tür auf und sprang aus dem Jeep. Er schubste Moore auf den Beifahrersitz zurück und schmiß die Tür zu.

Er rannte um den Jeep herum und warf sie auch auf der Fahrerseite zu. Dann sprang er wieder nach hinten zu Scully und verschloß seine Tür, so fest er konnte.

„Aber, was ist mit Spinney...?“ kam es schwach von Scully.

„Zu spät“, keuchte Mulder. Alle starrten gebannt aus dem Fenster.

Spinneys Taschenlampe lag noch immer leuchtend auf dem Boden. Spinney schlug verzweifelt um sich, seine Arme ruderten in einem grotesken Tanz. Er rannte blind vom Jeep weg und nahm den grünglühenden Schwarm mit sich.

Weiter unten auf der Straße, wo die Scheinwerfer nicht hinreichten, konnte Scully das grüne Licht sehen. Es stand ein paar Minuten bewegungslos an der gleichen Stelle. Dann – sah sie es größer werden und näher kommen.

„Sie sind mit der Vorspeise fertig.“ Mulders Stimme war tonlos. „Jetzt kommen sie und holen sich das Hauptgericht.“

17

Mulder wurde von einem Licht geblendet.

Er blinzelte und versuchte sich zu konzentrieren.

Sein erster Gedanke war: Dieses Licht ist nicht grün.

Sein nächster Gedanke: Es ist Tageslicht.

Dann merkte er, wie ihn jemand ansah. Sie blickten ihn hinter klarem Plastik an. Der Mann, der sich über ihn beugte, trug eine weiße Krankenhausuniform mit Helm – er sah aus, als habe er gerade einen Mondspaziergang hinter sich. Jeder Quadratzentimeter seiner Haut war verhüllt, gegen Ansteckung geschützt.

Behandschuhte Hände hoben Mulder aus dem Jeep. In der Nähe sah er noch andere Männer in gleichen Uniformen. Ein bißchen weiter weg standen die drei großen weißen Wagen, die sie hergebracht hatten.

„Ein Glück, daß Sie noch leben", sagte der Mann zu ihm. „Als ich dieses Zeug von Ihrem Gesicht abgekratzt hatte, hab ich nicht gedacht, daß Sie es schaffen. Was zum Teufel ist denn passiert?"

„Das ist eine lange Geschichte", nuschelte Mulder.

„Ein paar Informationen haben wir schon einem Funkruf entnommen", sagte der Mann. „Von einem Burschen namens Spinney. Der hat etwas von Käfern erzählt, von tödlichen Käfern. Ist der hier irgendwo? Vielleicht kann er uns ja mehr darüber sagen."

„Ich fürchte, nein", erwiderte Mulder matt. Er erinnerte sich daran, wie er Spinney das letzte Mal gesehen hatte . . .

wie er schreiend in der Dunkelheit verschwand. „Möglicherweise finden Sie seine Überreste weiter oben auf der Straße.“

Mulder schloß die Augen. Er versuchte krampfhaft, die Teile seiner Erinnerung wieder zu einem sinnvollen Ganzen zusammenzufügen.

Vor seinem geistigen Auge erschien wieder der Jeep mit Moore auf dem Beifahrersitz und ihm und Scully auf der Rückbank.

Ein paar Minuten lang dachten sie noch, sie wären selbst in Sicherheit.

Aber dann waren die glühenden grünen Käfer in Scharen durch die Lüftung hereingeschwärmt.

Zuerst erwischte es Moore . . . Scully und Mulder mußten hilflos zusehen, wie sie ihn auffraßen.

Dann hatten sich einige vom Schwarm getrennt und waren nach hinten gekommen. Mulder erinnerte sich an die ersten schmerzenden Stiche, als sie ihn erreichten . . . immer noch gellten ihm Scullys Schmerzensschreie in den Ohren.

Aber warum war er selbst dann noch am Leben, fragte er sich. Warum hatten sie nicht die letzten Tropfen seines Lebens aus ihm herausgesaugt?

Er wußte es nicht. Ihm war schwarz vor Augen geworden, als der Schmerz unerträglich wurde.

Waren die Insekten im Jeep vielleicht mit drei Opfern auf einmal überfordert gewesen?

Hatte ihr Appetit vielleicht nachgelassen nach Spinney und Moore und . . .?

Mulders Augen öffneten sich mit einem Ruck.

„Da ist noch jemand auf dem Rücksitz. Meine Partnerin . . . Scully . . .“, krächzte er. Er war zu schwach, sich zu bewegen. Er konnte seinen Kopf kaum heben. Das einzige, was er zu tun imstande war, war leise zu fragen: „Sagen Sie mir, ist sie noch am Leben?“

„Ich habe niemanden mehr gesehen“, antwortete der Mann. „Aber vielleicht habe ich sie nur noch nicht entdeckt. Ich habe Sie kaum sehen können, und dann war ich zu sehr damit beschäftigt, Sie hier rauszukriegen. Der ganze Innenraum ist voll mit komischen klebrigen Fasern, fast wie ein Kokon. Ganz zu schweigen von dem schmierigen Schleim hier überall.“

Mulder hörte eine Stimme rufen: „Ich hab’ noch zwei gefunden. Ich seh’ nach, ob sie noch leben.“

Eine weitere Stimme war zu hören: „Ich glaube, in diesem hier bewegt sich etwas. Im Bereich des Gesichts. Sieht aus wie ein Mund, der atmet oder etwas sagen will.“

Die erste Stimme entgegnete: „Dann wollen wir das Zeug hier mal runterkratzen.“

Einen Augenblick später rief die zweite Stimme überrascht: „Das ist eine Frau.“

„Lebt sie?“ rief der Mann neben Mulder zu den beiden herüber.

„Positiv“, kam es zurück. „Aber ich kann nicht sagen, wie lange noch.“

Dann vernahm Mulder eine dritte Stimme, die anscheinend in ein Funkgerät sprach.

„Wir haben hier eine Notevakuierungssituation“, hörte Mulder. „Wir brauchen dringend einen Hubschrauber. Außerdem muß Quarantäne vorbereitet werden. Wir haben hier mindestens zwei Opfer einer noch unbekannten Infektion – oder auch Opfer eines noch unbekannten Lebewesens. Sie müssen mit äußerster Vorsicht behandelt werden. An die Medien darf noch keine Information herausgegeben werden. Es besteht höchste Wahrscheinlichkeitsstufe für eine tödliche Epidemie und höchste Gefahrenstufe für eine allgemeine Panik."

Hoffentlich können sie uns wirklich helfen, war Mulders letzter Gedanke, bevor ihm wieder schwarz vor Augen wurde.

„Wer sind Sie?" fragte Mulder den Mann im weißen Kittel, der sich über sein Bett beugte.

„Dr. Simmons vom zentralen Klinikum für Infektionskrankheiten. Vor drei Tagen hat man mich einfliegen lassen, um Ihren Fall zu übernehmen."

„Und wo bin ich?"

„Hyman-Rickover-Marinehospital in Seattle, Washington", lautete die Antwort. Simmons fuhr fort: „Sie können ruhig weiterreden. Sie sind anscheinend wieder kräftig genug. Aber vergessen Sie nicht, regelmäßig durch den Schlauch in Ihrer Nase zu atmen."

Mulder tat einen kräftigen Atemzug und schaute sich dann um. „Ich nehme an, das hier ist eine Spezialstation?"

„Eine sehr spezielle Spezialstation. Sie sind ein sehr spezieller Fall."

Mulders Bett stand in einer riesigen weißen Plastikkuppel. Am Eingang stand Personal in weißen Kitteln. Andere überwachten per Monitor medizinische Geräte. Mulder drehte sich um und sah außer seinem eigenen noch zwei

Betten. Es stimmte. Die Ärzte hatten es mit drei sehr speziellen Fällen zu tun.

„Wie geht es Ihnen denn?“ wollte Simmons wissen.

„Ich denke, ich werde es überleben. Aber Sie wissen das wahrscheinlich besser als ich. Haben Sie schon irgendwelche Testergebnisse?“

„Ihre Atmungsorgane scheinen es gut überstanden zu haben“, meinte Simmons. „Das war unsere größte Sorge. Wir dachten, Sie könnten schädliche Substanzen eingeatmet haben. Aber was wir dann gefunden haben, war gar nicht so gefährlich.“

„Was haben Sie denn gefunden?“ erkundigte sich Mulder.

„Eine geringe Menge des Stoffes Luciferin“, antwortete Simmons.

„Was bedeutet . . .?“

„Das gleiche Enzym, das Glühwürmchen und ähnliche Insekten aufweisen“, bekam er zur Antwort. „Unsere Experten sind noch dabei, zu untersuchen, auf welche Insektenart Sie gestoßen sind. Leider bisher immer noch ohne Erfolg.“

„Wie geht es den anderen?“ fragte Mulder leise. „Moore . . . und Scully?“

„Moores Leben hängt an einem seidenen Faden. An einem sehr dünnen seidenen Faden.“ Simmons war ehrlich. „Auch die modernste Medizin kann leider nicht viel tun, wenn sie es mit völlig unbekannten Faktoren zu tun bekommt.“

„Und Scully?“ Mulders Magen zog sich zusammen.

„Wie ich schon sagte, es ist sehr schwer, Ihnen konkrete Auskünfte . . .“, setzte Simmons an.

„Kann ich sie sehen?“ unterbrach ihn Mulder.

Der Arzt zögerte, dann sagte er: „Okay, warum nicht. Sie müssen nur ruhig weiter atmen."

Mulder stand vorsichtig auf, mit dem Schlauch noch in der Nase. Er war mit einem Sauerstoffbehälter auf einem Wägelchen verbunden, das er mit sich zog, als er Simmons zu Scullys Bett folgte.

Er sah auf sie herab.

Sie lag totenstill da. Nur ein sehr schwaches Heben und Senken des Brustkorbs verriet, daß sie atmete. Ihr Gesicht war von zahllosen Bissen hochrot entzündet. Ihre Züge waren entstellt und ausgemergelt.

„Scully?" fragte Mulder sanft.

„Sie ist immer noch nicht bei Bewußtsein", sagte der Arzt. „Sie hat viel Flüssigkeit verloren. Wenn es nur ein paar Insekten mehr gewesen wären oder wenn die Biester ein paar mehr Stunden gehabt hätten, dann hätte es keine Rettung mehr für sie gegeben. So . . ." Simmons hielt inne und fuhr dann fort: „Wir tun alles, was in unserer Macht steht, aber eine Garantie kann ich Ihnen bei einem Fall wie diesem nicht geben."

„Und ich habe ihr auch noch gesagt, es würde ein schöner Waldspaziergang."

Der Schmerz, den er jetzt fühlte, rührte nicht von Insektenbissen her. Doch er war genauso schwer zu ertragen. Es waren nagende Schuldgefühle – und mehr.

„Sie haben es doch wirklich nicht ahnen können", versicherte ihm der Arzt. „Keiner konnte das ahnen. Ein völlig fremdartiges Phänomen."

„Ja sicher, und ganz normal für die X-Akten", sagte Mulder leise, halb zu sich selbst und halb zu dem bewußtlosen Körper im Bett.

Dann fragte er den Arzt: „Wie soll der Wald abgeschirmt werden? Was ist, wenn der Schwarm wandert?“

„Die Regierung räumt dem Fall höchste Dringlichkeit ein“, erklärte Simmons. „Sie verwenden jede uns bekannte Form der Insektenvernichtung – das gesamte Pestizidarsenal, außerdem werden in eingeschränktem Ausmaß Bäume niedergebrannt. Sie sind ganz sicher, daß sie es schaffen.“

Mulder konnte ein schiefes Lächeln nicht unterdrücken. Spinney mußte sich im Grab herumdrehen.

Und er konnte sich die Frage nicht verkneifen: „Was geschieht, wenn die besten Mittel der Regierung versagen?“

„Denken Sie nicht einmal daran, Agent Mulder. Sie werden nicht versagen“, verkündete der Arzt entschieden. „Das steht völlig außer Frage, ist absolut unvorstellbar.“

Abrupt drehte sich der Arzt um und verließ den Saal.

Mulder seufzte.

Die Verantwortlichen waren alle gleich.

Sie mochten keine Fragen, die unangenehme Antworten versprachen.

Sie mochten sich das Unvorstellbare nicht vorstellen.

Mulder sah seine Partnerin an.

„Bitte wachen Sie auf“, flüsterte er. „Ich werde alle Unterstützung brauchen, die ich bekommen kann. Ich brauche Ihre Hilfe.“

Er war vielleicht schon verrückt geworden – aber er glaubte ein schwaches Kopfnicken von ihr zu sehen.

Es blieb ihm nichts anderes übrig als abzuwarten.

Abzuwarten und zu hoffen.

Die großen Akte X-Romane

Charles Grant
Lebende Schatten
Roman

Charles Grant
Wirbelsturm
Roman

Kevin J. Anderson
Höllenfeuer
Roman

Kevin J. Anderson
Ruinen
Roman

Kevin J. Anderson
Antikörper
Roman

vgs verlagsgesellschaft Köln